Marchand de reflets

Marchand de reflets

Roman

Micheline
Dandurand

DCA - Legend

Peinture de la page couverture : Yvon Dandurand
Mise en page : Mathieu Caron Dandurand

Dépôt légal
– Bibliothèque et Archives nationales du Québec, 2024
– Bibliothèque et Archives nationales du Canada, 2024

ISBN (version papier) 978-1-7383584-0-3
e-ISBN (version numérique) 978-1-7383584-2-7

À Laurianne, Marilou et Léo

« Les relations sont sûrement le miroir dans lequel
on se découvre soi-même. »

Jiddu Krishnamurti

Prologue

Stop! Ange-Aimée. Tu ne vas pas te mettre à regretter ta vie et tes choix! Allez, secoue-toi un peu. Prends un bon livre et sors-toi ces idées sombres de la tête. Quand même, un diagnostic de cancer... ça bouleverse. La vie offre rarement une seule occasion de transformation à la fois. Quand il le faut, elle n'accorde aucun répit. Le déménagement d'Émile et Françoise, il y a deux ans, et tout ce que cela a modifié dans mon existence et ma relation avec leur fils, Camille. Nos retrouvailles. Et maintenant le cancer...

Camille dirait qu'écrire me ferait du bien. Surtout de ne pas garder ça pour moi seule. Je ne me sens pas prête à en parler. Encore moins à lui. J'ai besoin de temps. J'écris ces mots et en mesure l'absurdité : je veux du temps pour l'informer qu'il ne m'en reste plus.

Écrire, pourquoi? Pourquoi commencer à près de quatre-vingt-deux ans? Je me suis toujours refusé à coucher sur papier mes pensées, mes émotions, mes états d'âme. Pourquoi maintenant ? Je me suis interdit tant de choses. J'ai mis toutes mes énergies dans mon travail de médecin. Je ne pouvais agir autrement. Question de survie.

Camille trouverait mieux que moi les mots pour assembler la courtepointe de nos vies. Lui qui a fait de l'écriture son métier et qui, enfant, pesait déjà les mots, les interrogeait, tout en s'amusant de leur sonorité. Les mois passés à essayer de cerner son destin de marchand de reflets, était-ce au fond pour être en paix avec le mien avant de mourir ?

Camille a les mots, moi, les souvenirs. Plein la tête et le cœur. J'ai surtout l'urgence. L'urgence de dire, de comprendre. Je veux décrypter cette zone inconfortable en moi, tapie dans l'ombre. Le triangle des Bermudes où se fracasse ma volonté de transparence qui se nourrit de regrets et de nostalgie quand je feins de l'ignorer. J'ai soif de lumière.

Un moment de cafard, Ange-Aimée, un simple moment de cafard. Prends une grande respiration. Ce serait vraiment terrible si quelqu'un lisait ces lignes ? Qu'ai-je à perdre ? Respire, Ange-Aimée, respire. M'écrire à moi-même ? Je laisserais volontiers la plume à Camille pour un petit reflet posthume !

Hier au magasin, j'ai choisi sans hésiter un beau cahier rouge. D'un rouge flamboyant. Moi qui suis habituellement en demi-teintes sauf pour la peinture de mes oiseaux. Chaque fois que je le prends, il me brûle les doigts de peur et d'envie.

✎

Une certitude s'effrite

Assise dans ma balançoire, je songeais à Émile et Françoise, mes voisins depuis près de quarante ans, en admirant les fleurs de la plate-bande qui réunissait nos deux terrains en une cour commune. L'idée venait d'Émile et il en prenait soin, à l'image de l'amitié qui s'était tissée entre nous. Mes amis quitteraient bientôt le quartier pour emménager dans un appartement. À soixante-dix-huit ans, ils ne pouvaient plus s'occuper de l'entretien de leur maison. Contrairement à moi, leur budget ne leur permettait pas de recourir aux services d'ouvriers.

Je comprenais leur décision, mais ça me brisait le cœur. En dépit des promesses échangées de se revoir, je savais qu'il en serait autrement avec Camille, leur fils. Ça m'affolait. Il me restait peu de temps pour rétablir le lien avec lui. Trop d'années à me contenter de l'entrevoir quelques instants, entre deux réunions familiales. Beaucoup trop. Je le regrettais. Il n'était pas mon fils, mais je l'aimais tout autant. L'heure du bilan avait sonné.

Je le revoyais, enfant, se faufiler entre les fleurs pour venir me parler de sa plus récente trouvaille. Un frisson me parcourut. Je remontai sur mes épaules un pan de la couverture de laine dans laquelle je m'emmitouflai. Je voyais approcher l'hiver avec appréhension. Une volée d'outardes lança ses adieux mélancoliques. Elles avaient entrepris plus tôt leur voyage et des regroupements de chercheurs demandaient à la population de leur signaler la date et l'heure de leur passage. Des centaines à noircir le ciel. La nature était à l'envers ; mon cœur aussi. Je ne me résolvais pas à rentrer, espoir de retarder l'hiver. Depuis la veille, je me sentais un peu soulagée ; je savais par Françoise que ses enfants viendraient les aider à vider sous-sol et grenier. Camille, plus que les autres, y avait entreposé des choses en quittant la maison. Il arriverait donc le premier, mercredi, et les filles, Rose, Marie et Laurie, s'amèneraient la fin de semaine pour lui permettre un premier tri. Je priais pour qu'il dure le plus longtemps possible et me laisse le temps de renouer avec mon ami. Et si je n'y parvenais pas ? Afin d'apaiser mon cœur, je me plongeai dans mes souvenirs ; certains que Camille et moi avions eu la chance de vivre ensemble, d'autres offerts en confidences. Quelques-uns remontaient à très loin et n'existaient que dans la mémoire de ceux qui le côtoyaient depuis toujours. J'espérais y découvrir la véritable raison de notre éloignement.

Je n'aurais pu imaginer qu'en examinant de près la vie de Camille, ça me fournirait l'occasion de revoir la mienne et de développer ma confiance et ma volonté d'entreprendre l'écriture de ce cahier.

Depuis que la mort rôde, mes certitudes et mes peurs vont et viennent. Puis tombent. Elles s'annulent les unes, les autres. Puis reviennent. Je n'ai plus de temps pour des humeurs ou des pensées nébuleuses. Je veux comprendre.

2

Rencontre de l'enfant

Je me remémorai notre rencontre une quarantaine d'années plus tôt. Je venais d'emménager dans ma nouvelle maison. Le soir était tombé depuis longtemps. Je me félicitais du choix de ce quartier modeste qui m'offrait une bonne dose de simplicité et grouillait de vie. Parfait pour moi qui luttais afin de me tailler une place dans le monde masculin de la médecine tout en livrant bataille à la maladie et à la mort. Les rideaux de ma fenêtre n'étaient pas installés. Malgré l'heure tardive, les lampes de la maison d'à côté s'allumèrent d'un coup. Ma voisine, son enfant dans les bras, marchait de long en large. Le père parlait au téléphone dans la cuisine attenante à la chambre. Quelque chose d'anormal se passait ; je me précipitai chez eux pour leur porter secours.

C'est ainsi que je fis la connaissance de Camille : lorsque je le vis pour la première fois, ce fut pour lui « sauver la vie »… C'est la version que ses parents se plaisent encore à lui raconter. En réalité, je n'avais eu qu'à mettre fin à un trop fort accès de fièvre. Cette entrée respective dans nos vies tissa entre

Camille et moi un lien d'amitié qui s'établit plus profondément quand il put venir chez moi de lui-même.

Ainsi, certains soirs en revenant du travail, je le découvrais assis sur une marche de mon perron. Quel bonheur de me sentir moi aussi attendue ! Il me suivait dans la maison en bavardant sans répit. Sitôt entrée, j'avertissais sa mère qu'il était avec moi. Je n'exprimai jamais en paroles ma gratitude pour la place que ma voisine et son mari m'accordaient dans la vie de leur fils ; Françoise pressentit toujours l'affection qui nous liait.

Après ce rituel, Camille me racontait les menus faits de sa journée. À l'occasion, il souhaitait rester à souper. J'acceptais sans m'avouer que c'était d'abord pour mon propre plaisir ; cuisiner pour deux était tellement plus agréable. À moi revenait ensuite le privilège de lui lire une histoire. Je n'omettais pas un mot. Il se serait aperçu si j'avais sauté un passage et pouvait du reste en réciter plus d'un par cœur. Quelle mémoire ! Et quelle joie de l'entendre s'écrier d'un ton théâtral « Zorro, ce héros légendaire ! » Avec la même facilité, il apprenait une chanson. En toute simplicité, les sons, les mots faisaient partie de son monde et le chemin qu'ils se frayèrent dans son jeune esprit expliquait peut-être le sérieux qu'il affichait déjà enfant.

Par ailleurs, petit, il était déjà grand et costaud. Comme moi. Alors que cette forte stature me donnait un air de titan invincible essentiel dans mon milieu de travail, elle ajoutait quelques années de plus à Camille. Ses cheveux bouclés, en bataille au-dessus de sa frimousse douce, atténuaient cette impression, tandis que la profondeur de ses yeux gris la renforçait. Son aisance avec les mots remportait la victoire sur celle de son corps qu'il mit du temps à apprivoiser en raison de sa croissance rapide. Adolescent, quelquefois il mesurait mal la place que prenait ce corps dans l'espace et ça le rendait maladroit.

Camille posait une foule de questions sur le comportement humain, soucieux de comprendre, mais n'insistait pas pour obtenir une réponse. N'empêche que ça m'exaspérait parfois, me donnant l'impression de participer au quiz de la vérité. Un soir, quelques jours après son entrée à l'école, il m'attendit avec impatience. Le seuil à peine franchi, il me demanda :

— Pourquoi c'est impoli de regarder les autres dans les yeux ?

— Ça dépend. Qui t'a dit ça ?

— Madame Flavie. Elle ne veut pas que je la regarde dans les yeux quand elle me parle. Qu'est-ce qu'il faut que je fasse ?

— On ne doit pas fixer les gens, mais…

— Qu'est-ce que ça veut dire fixer ?

— Eh bien, regarder avec insistance, sans arrêt…

— Combien de temps j'ai le droit ?

Je m'empêtrais dans une explication loin de l'éclairer. Je ne savais pas quoi répondre. On m'avait répété ça, à moi aussi, mais je n'y avais pas prêté attention. J'avais obéi, tout simplement. Pour lui, ce n'était pas si simple, justement. Il avait besoin de comprendre le pourquoi des choses. Pour le lui expliquer, il fallait user de patience et, la plupart du temps, elle me faisait défaut.

— Devine quoi ? déclarai-je pour détourner la conversation, comme le font la plupart des gens lorsqu'ils veulent éviter un sujet, on mange des spaghettis, ton repas favori !

Je remis une autre fois au lendemain de respecter la promesse que je m'étais faite de ne plus me dérober à ses interrogations. Il ne se laissa pas démonter si facilement. Songeur, il enchaîna :

— Ange-Aimée…

Comme je ne tenais aucun rôle identifiable dans sa vie, nous avions convenu qu'il devait utiliser mon prénom. Quand il commençait une phrase par «Ange-Aimée», je savais qu'il s'agissait d'une question plus «sérieuse». Malgré l'embarras que certaines d'entre elles me causaient, j'adorais entendre sa jeune voix prononcer mon nom. Auparavant, ce nom m'avait paru ronflant et démodé, mais il semblait rajeuni depuis que Camille lui donnait une intention particulière.

— Ange-Aimée, pourquoi tu n'as pas d'enfant ?

— Eh bien… parce que je travaille beaucoup et je suis… je vis seule.

— Si tu avais des enfants, tu ne le serais plus !

— C'est vrai. Tu sais, ça prend un papa et…

— Alors pourquoi Simon n'a pas de papa ?

— Il en a sûrement un, mais il ne vit pas avec lui.

— Pourquoi ?

— Je ne sais pas. Il peut y avoir bien des raisons.

— Son papa ne l'aime plus ?

— Bien sûr que si ! Seulement, des fois, c'est très compliqué tout ça.

Devant ces demi-réponses, auxquelles je l'avais habitué, il finit par abandonner. Puis, de but en blanc, il passa à un autre sujet qui le préoccupait.

— Veux-tu courir l'Halloween avec moi ? Rose ne veut pas… elle dit qu'elle est rendue trop vieille. Moi, je me déguise en cow-boy !

Je soupirai d'aise de voir la conversation prendre une direction plus légère, ayant craint un instant de devoir répondre à une question qui selon moi aurait dû être adressée à ses parents.

Quand je ne travaillais pas la fin de semaine, je l'invitais à regarder un film de Disney chez moi. Ces occasions étaient rares, alors ses parents acceptaient de bon cœur le partage. Je possédais un atout de taille pour convaincre le petit : le grenier était converti en salle de séjour où trônait le gros téléviseur. Pour Camille, l'endroit à lui seul ajoutait à la magie de ces soirées. Chez lui, cette pièce correspondait à la « chambre des filles », dont l'accès lui était interdit.

La première fois que je l'avais amené au cinéma, nous avions visionné *Le livre de la jungle*. Camille fut transporté de joie et, du coup, la mienne en fut redoublée. Il avait six ans et moi, quarante-quatre.

Par la suite, il ne parlait plus que de jungle, d'animaux et de maison dans les arbres. Il voulait sa cabane. Il talonnait Émile pour qu'il lui en construise une dans le jardin, au creux de l'énorme saule. Il insista avec tant d'acharnement que son père céda, lui promettant d'en bâtir une l'été suivant.

Cet hiver-là, je lui lus une bonne dizaine de fois *Le livre de la jungle*. Après la lecture, excité, il demandait sans vraiment attendre de réponse « Tu crois que je pourrai dormir dans ma cabane ? Je vais manger tous les jours dans ma cabane. Rose, Marie et Laurie n'auront pas le droit de venir. Seulement si je les invite. Elles ont la chambre des filles, moi j'aurai ma cabane. » Il partageait tout haut ce dont il rêvait tout bas.

Chose promise, chose due. À l'été, il put grimper dans son arbre. À compter de ce jour, on le vit plus souvent perché là-haut que les deux pieds sur terre. Émile avait fabriqué un fabuleux observatoire pour son fils qui, déjà fasciné par la nature humaine, s'y installait avec des victuailles et des livres pendant que les autres s'affairaient en bas. Il demeurait des heures à les regarder vivre.

Dans ma relation avec Camille, cette nouveauté transforma les choses. Il m'attendait désormais dans son arbre et me saluait sans pour autant en descendre et venir chez moi. C'était le début d'une certaine indépendance, que je respectai. Cela ne m'empêcha pas de me rabattre sur mon chalet pour attiser l'intérêt de mon jeune ami.

3

Un havre de paix

J'avais fait construire un chalet afin de profiter de la nature et des oiseaux pour lesquels j'avais une véritable passion. Membre d'un club d'ornithologues amateurs, découvrir de nouvelles espèces m'émouvait, les peindre me détendait. Je me rendais dans les Laurentides pour me ressourcer de l'odeur des bois et du chant des oiseaux. Quand c'était possible, j'y emmenais Camille.

De tempérament observateur, il adorait lui aussi partir à la découverte d'une espèce inconnue, guide sur les oiseaux dans une main et jumelles dans l'autre. Contrairement à son habitude, il demeurait silencieux, à l'affût d'un chant à reconnaître.

Au retour, tous deux installés sur la galerie faisant face à la rivière, les pieds posés sur la balustrade, une tasse de chocolat chaud à la main, le bavardage reprenait. Plus Camille vieillissait, plus ces moments se transformèrent en occasions de confidences. Il me faisait part de ses observations sur le monde et s'informait sur ce qui lui échappait de son fonctionnement. Camille était sensible à la souffrance des autres, en particulier, de ses proches. Il avait cette capacité à se mettre dans la peau de l'autre pour lui témoigner ensuite de la sympathie. Encore fallait-il que l'autre le lui permette.

— Ange-Aimée, me demanda-t-il un jour, soucieux, as-tu remarqué que quand quelqu'un ne veut pas dire ce qui ne va pas, il répond souvent qu'il est fatigué ?

— Pourquoi tu me poses cette question ? Quelque chose ne va pas ?

— Non ! Je parlais comme ça. Mon ami Léo ne répond jamais. Il va chez lui et revient juste le lendemain… ou quand ça va mieux. Je n'aime pas ça quand je ne sais pas pourquoi il a de la peine. Je me sens drôle et je ne sais plus quoi faire. Qu'est-ce que tu fais, toi, quand ça t'arrive ?

— Je laisse aller. Si la personne a envie ou besoin de se confier, c'est elle qui décide.

— Oui, mais qu'est-ce que tu fais quand c'est pareil le lendemain ?

— J'attends.

— Je n'aime pas attendre. Après on est gênés et on ne sait plus comment être ensemble… Des fois, quand je repose la question à Léo, il se fâche.

— Parfois les gens préfèrent garder pour eux leurs chagrins ou leurs secrets. Il faut respecter ça.

— Mais pourquoi il ne veut pas me le dire ? Il dit à tout le monde à l'école que je suis son meilleur ami. Ça sert à ça les amis, non ?

— Sans doute. Veux-tu un autre chocolat chaud ?

— Ouais… acquiesça-t-il du bout des lèvres en détournant le regard vers la rivière.

De retour en ville, j'interrogeai Françoise pour savoir si quelque chose n'allait pas. Son fils m'avait paru plus troublé que d'habitude. Elle me rassura. Tout était normal.

Évidemment, Camille était Camille, constamment à se poser des questions. Tu crois qu'il me le dirait si ça n'allait pas? finit-elle par ajouter. Je ne sus que répondre, mais fus flattée, sans prendre pleinement conscience de la responsabilité que ça comportait d'être la confidente d'un enfant s'ouvrant à moi sans réserve.

Quand j'y repense à présent, c'est fou comme on ne s'arrête pas à ce qu'on fait ou dit parfois. C'est moi qui lui ai offert Le Petit Prince de Saint-Exupéry en insistant sur l'épisode du renard et sur l'importance d'être responsable de ceux qu'on apprivoise. Combien de fois j'ai dit des choses que je n'avais pas intégrées moi-même.

J'en fais une fois de plus l'expérience. Cordonnier mal chaussé ! Ma mauvaise toux et ma fatigue. J'aurais dû me douter... Ironie du sort, je n'ai pratiquement jamais fumé. Respire, Ange-Aimée, respire tant que tu le peux encore. Ça va bien aller.

J'ai longtemps centré mes efforts sur la guérison des corps. Je ne souhaite pas consacrer mon temps à la maladie durant les mois à venir, ni dans ce cahier ni à l'hôpital où j'ai passé presque toute mon existence. Il est trop tard pour une opération et je me sens trop vieille pour le reste. Je sais ce qui m'attend. Je n'ai plus le choix de vivre les yeux ouverts sur tous les plans. Je me suis sentie investie de la mission de sauver des vies. Pour cette fois, je préfère prendre soin de mon âme.

Me pencher sur ma relation avec Camille et écouter ce que mon cœur m'en confie me montre que j'avance sur la bonne voie.

4

Ménage du grenier

Camille devait arriver chez ses parents au début de l'après-midi. La grisaille s'accrochait aux branches des arbres. Depuis l'aube, une pluie torrentielle les dénudait de leur parure. Je ne pouvais m'empêcher de jeter un œil impatient à la fenêtre. Le mauvais temps m'inquiétait, j'avais trop vu d'accidentés à l'hôpital. J'avais beau essayer de penser à autre chose, rien ne réussissait à me détendre, pas même la peinture d'un bruant à gorge blanche commencée la veille.

Je reconnus enfin sa voiture. Ma gorge se dénoua, me rappelant que l'angoisse représente une bien pauvre nourriture pour l'estomac. En me préparant un goûter, je réfléchis à une façon d'attirer Camille chez moi plus longtemps qu'à ses dernières visites. L'arôme de la soupe me fournit l'idée parfaite : les inviter à souper. Un morceau de pain encore à la main, je me précipitai chez mes voisins, comme à notre première rencontre, à la différence que cette fois j'étais seule à ressentir une urgence. Je prétextai qu'ils seraient trop occupés pour cuisiner. Françoise et Émile acceptèrent volontiers. Camille proposa plutôt de se reprendre un autre jour. Je revins à la charge en l'invitant à partager mon repas comme dans le bon vieux temps, le soir qui lui conviendrait. Il suggéra le lendemain afin de vérifier d'abord l'ampleur du travail, avant l'arrivée de ses sœurs le samedi suivant. Je concédai, n'osant pas insister davantage. Sa mère me serra dans ses bras en me remerciant de l'invitation. Sans n'en avoir jamais parlé, elle avait remarqué l'éloignement entre son fils et moi. Elle savait la joie que me procurait l'idée d'une soirée seule avec lui. Elle acceptait le partage une fois de plus.

5

Repas de retrouvailles

Durant la journée du jeudi, je ne tenais plus en place. Tôt le matin, Camille m'avait confirmé qu'il souperait avec moi le soir même. Sans la crainte de paraître ridicule, je me serais assise dans les marches pour l'attendre, comme il le faisait lui-même enfant. Quand il entra, je répétai bêtement : «Je suis heureuse, merci d'être venu», et lui de renchérir en me remerciant sincèrement de mon invitation.

Malgré notre joie partagée de nous retrouver, un léger malaise s'installa. Nous mangions en silence. Embarrassée et ignorant par quel bout commencer, je replaçai une mèche rebelle de mon chignon avant de me jeter à l'eau tête baissée.

— Quand tu t'es séparé de Caroline, tu m'as parlé de ta vision de l'amitié. T'en souviens-tu ?

— De ma vision ou de ce que je t'ai dit ?

— De ce que tu m'as dit.

— Pas vraiment.

— Quelque chose comme les vrais amis n'oublient pas que l'autre devant soi incarne d'abord une âme et prennent au besoin le risque de la bousculer. Ça te revient ?

— Ouais, et…

— Je n'ai pas terminé.

Une fois partie, je devenais intarissable. J'avais déjà la bouche sèche. J'allai chercher un pichet d'eau. Je coupai au passage quelques morceaux de pain que je déposai dans la corbeille sur la table avant de me rasseoir et de poursuivre.

— Tu disais que si tu te tais, tu as le sentiment de te désengager.

— Où veux-tu en venir ?

— Attends, j'y arrive ! J'ai voulu croire que ce n'était pas notre cas. Que j'étais restée ton amie… ta complice, malgré le silence installé entre nous depuis des années. Je me disais que tu avais des obligations, que tu étais occupé. Ce genre d'excuse. Depuis que tes parents ont parlé de déménager, je regrette de ne pas avoir réagi avant.

— Tu sais bien qu'on va se revoir ! On va se croiser chez Françoise.

— Justement, se croiser. J'ai accepté trop facilement ces croisements entre deux portes. Je n'aurais pas dû.

— Tout n'est pas de ta faute.

— Tu dis ça pour me ménager. Pas besoin de mettre des gants blancs avec moi. Laisse-moi finir. Pour la première fois, j'ai l'impression de t'ouvrir réellement mon cœur.

Je lui rappelai que pendant longtemps, il avait pris le risque de me bousculer. Il m'exprimait ce qu'il vivait, me posait des questions, voulait savoir pourquoi je demeurais seule, sans enfant, sans amoureux. Même très jeune, il le faisait. Je répondais vaguement, sous prétexte qu'il n'était qu'un gamin et moi l'adulte. Je le regrettais. Camille m'offrait une amitié sans âge. C'est moi qui ne parvenais pas à en faire abstraction. Je me sentais privilégiée, mais ma tête voulait absolument m'expliquer ce lien. J'avais l'âge d'être sa mère, même que j'aurais bien aimé l'être. Ça me désorientait. Je ne possédais pas son naturel. Je me convainquais que c'était normal puisqu'il était l'enfant, que je devais m'en tenir à un lien d'adulte avec lui ; pas un lien superficiel, mais pas intime non plus. La vérité, c'est que je n'avais pas son don.

— Un don ! Lequel ?

— Je te l'ai dit. Voir les autres. Voir qu'ils sont des âmes. Tu ne cherches pas à définir autrement les liens avec les personnes qui t'entourent.

Dans ce sens, Camille me donna raison, mais trouvait que j'exagérais un peu. Si c'était un don, pensait-il, ça ne lui avait pas réussi dans ses relations amoureuses. J'insistai sur le fait que rares sont ceux et celles aptes à se rappeler que nous sommes d'abord des âmes avant d'être des amis, des enfants, des collègues, des parents. J'y avais mûrement réfléchi et dans mon cas, le problème avait été une incapacité à sortir de mon rôle d'adulte. Sortir d'un rôle tout court. D'autant plus que j'ignorais lequel tenir. Pour lui, notre amitié était si naturelle ! Je m'enorgueillissais de notre relation et me laissais porter par ses sentiments. À la longue, j'avais fini par tenir notre lien pour acquis.

— Quand tes parents ont vendu la maison, ça m'a frappée… comme la foudre ! Nous n'avons pas de lien de sang ! Si je ne fais rien, je vais te perdre.

— Je ne m'attendais pas à ça ce soir ! Ça me touche…

— Il fallait que je te le dise.

Pour me consoler, Camille m'avoua qu'à un certain moment il s'était aperçu que ses questions, ses éternelles remises en question, pouvaient me fatiguer et il avait commencé à tenir compte de mon âge, lui aussi. Il rougit en me faisant cet aveu. Nous éclatâmes de rire. Quelle joie d'entendre Camille rire à gorge déployée comme autrefois ! Ce rire, ou nos aveux, réussit à détendre l'atmosphère. Le malaise s'estompa.

— J'ai beaucoup réfléchi depuis que ta mère m'a annoncé ta venue. J'ai repensé à notre rencontre. À plein de souvenirs avec toi. Ça me fait du bien et ça m'ouvre les yeux. Je me rends compte que j'avais préparé le terrain pour qu'un fossé se creuse entre nous. Je ne veux pas qu'on se perde de vue, Camille.

— Moi non plus. Allez, viens ici que je te serre un peu. Tu pourrais m'en parler maintenant, si tu veux, m'invita-t-il doucement quand j'étais dans ses bras.

— De quoi ?

— Ta vie.

— Ce soir ?

— Pourquoi pas ? J'ai quarante et un ans. Ça devrait suffire, tu ne crois pas ? ajouta-t-il pour me taquiner.

— Tout ça, c'est si loin ! Quel intérêt ? Des vieilles histoires.

— Tu ne vas pas remettre ça ?

— Tu as raison. Je le fais encore… Je n'ai pas l'habitude. Je n'ai pas appris à parler de ces choses.

— Tu n'es pas obligée non plus. Je veux juste que tu saches que ça m'intéresse toujours de te connaître mieux, avança-t-il sans insister davantage, comme à son habitude.

Camille remarqua mon hésitation. Quand il me vit replacer de nouveau une mèche de mon chignon – geste machinal lorsque je me sentais mal à l'aise, il proposa de plonger le premier. Je lui promis de me livrer avant son départ. Appuyée contre lui, je sentis sa main caresser délicatement mes cheveux, comme on le fait pour calmer un enfant luttant contre le sommeil. Puis avec autant de douceur, il me demanda si ce marché me convenait.

— Tout à fait. Merci. Ce soir, je préfère t'entendre. Parle-moi de toi. Que deviens-tu ?

— Oh ! Oh ! je n'aurais peut-être pas dû faire cette

proposition, je ne sais pas quoi dire… Surtout en ce moment. Je ne sais plus trop rien.

— Comment ça ? Qu'est-ce qui se passe ?

— Je me sens désorienté.

— Excuse-moi. Je te bombarde de questions. Je voudrais rattraper le temps perdu, même si je suis bien consciente que c'est facile pour moi de demander qu'on reprenne nos discussions comme avant maintenant que je suis à la retraite.

— Moi aussi j'aimerais. Renouer avec toi me fait vraiment plaisir, je t'assure, mais c'est une longue histoire et pas simple non plus. Je doute de la comprendre moi-même. Je ne sais pas par où commencer.

— Le début !

— On en aurait pour des heures !

— Tant pis. Je ne suis pas pressée… L'autre matin, quelqu'un a dit à la télé « Quand tu te présenteras devant Dieu, il ne te demandera pas si tu as bien travaillé chaque jour, mais si tu as bien aimé chaque jour. » Ça m'a secouée. J'ai tellement tout misé sur mon boulot ! On aurait cru qu'il s'adressait directement à moi. Mon souhait, avant de mourir, serait d'avoir une nouvelle chance pour aimer mieux et devenir une meilleure amie. Je suis vieille et j'ai tout mon temps… plus qu'il m'en faut d'ailleurs pour ressasser mes regrets.

— C'est sûrement le déménagement de mes parents qui te met dans cet état. Vous êtes voisins depuis si longtemps !

— Ça me fait de quoi, mais je sais que je vais les revoir… Avec eux, je n'ai pas de regret. Tu vois, c'est différent. Allez, raconte. Je dormirai demain.

Camille se laissa aisément convaincre. Il se leva, mit des bûches dans le foyer devant lequel nous nous installâmes confortablement. Cette fois, j'étais déterminée à ne pas rater cette seconde chance. Je l'écoutai me relater ce qui s'était passé dans sa vie depuis plusieurs années maintenant.

— J'offre aux autres un reflet, commença-t-il.

— Un reflet ?

— Tu vois, je te l'avais dit que c'était étrange !

— Non, non ! Excuse-moi. Vas-y, je suis tout ouïe.

— Je dessine leur portrait avec des mots. J'essaie de refléter ma perception d'eux… avec empathie pour rester le plus fidèle possible. Je peaufine mes mots. J'ouvre mon cœur pour être vrai. Je suis une sorte de marchand de reflets, je l'étais… je ne sais plus. Ce serait tellement plus facile d'être marchand de fleurs !

6

Marchand de reflets

Tout avait commencé, raconta Camille, près d'une dizaine d'années auparavant, à l'ouverture d'un café à Montréal appartenant à un bon ami. Il y revit Sylvain, un camarade de classe du collège. Ils avaient été les seuls de leur groupe à s'exiler ensuite à Sherbrooke pour leurs études. L'exil créait des liens. Après l'université, Camille partit s'installer dans l'Outaouais pour le travail. Ils se perdirent de vue, d'où sa surprise de le revoir à cette soirée.

Sylvain habitait alors à Québec. Camille lui dit qu'il y allait à l'occasion pour des contrats de rédaction. Il en était d'ailleurs question l'été suivant. La musique et la fête ne se prêtaient pas aux longues conversations. Ils échangèrent leurs coordonnées en se promettant d'appeler si l'un ou l'autre prévoyait un déplacement vers Québec ou l'Outaouais.

Non seulement Camille se rendit-il à Québec au début de l'été, tel qu'il l'avait mentionné, mais il y demeura toute la durée de son contrat. À aucun moment, il ne se rappela cette promesse, car un incident s'y passa qui devait transformer bien des choses dans sa vie.

Ce n'était pas la première fois qu'il restait là-bas. Aussi, avait-il repéré, rue Ste-Ursule, un petit hôtel où il pouvait séjourner plus longuement. À chacun de ses passages, il s'efforçait de louer, dans le pignon de cette maison d'époque, la même chambre où il se sentait au chaud et à l'abri. Meublée à l'ancienne, elle contenait une vieille table en bois, placée sous la fenêtre. Il s'y attablait pour travailler et son esprit vagabondait à sa guise sur les toits de ce vieux quartier. Quand il manquait d'inspiration, il s'assoyait sur le rebord de la fenêtre et observait les piétons en bas ou descendait déambuler dans les rues avoisinantes. Depuis quelque temps, les mots le boudaient. Il se sentait vide. Affreusement. Pour ne plus ressentir le poids de ce vide, il emprunta le chemin de la rue Du Trésor.

Ce jour-là, de nombreux artistes se disputaient les lieux, divisés en lots de deux mètres carrés. Certains s'y installaient depuis des années. On les reconnaissait à leur aisance qu'ils pavanaient devant les nouveaux venus. Quant aux touristes, appareil photo au cou, ils étaient aussi facilement identifiables que des chiens avec médaille. Quelques-uns d'entre eux faisaient quasiment partie des habitués de la place au même titre que les artistes eux-mêmes. À intervalles réguliers, ils revenaient se gorger des odeurs, des sons et des talents de chez nous.

Camille, pour sa part, y versait cette fois son spleen. La rue Du Trésor lui sembla avoir perdu de son charme. Trop de touristes. Trop d'artistes qui paraissaient plus blasés, d'année en année, à force de marchander leur inspiration. Les portraitistes l'interpellaient davantage, capables de produire à profusion des portraits. L'un d'eux l'intrigua plus que les autres : il n'avait pas l'air de compter son temps. Pas pressé le vieil homme, et souriant. Il donnait l'impression d'être artiste d'occasion, comme s'il s'amusait à en tenir le rôle à d'autres fins : prince déguisé en crapaud, maître déguisé en artiste. Il n'y avait pas foule autour de lui, mais les gens, heureux en sa compagnie, bavardaient allègrement. Tour à tour, chacun parlait avec l'artiste, qui les écoutait en dessinant un sourcil, une bouche, un menton.

La curiosité avivée, Camille fouilla ses poches à la recherche de billets verts. Quand il s'informa du coût d'un portrait, le vieil homme répondit que, pour lui, ce serait gratuit car il en avait besoin. La femme, modèle de l'heure, pouffa de rire. Camille ne saisit pas ce qui se passait. Abasourdi, il ne commanda pas son portrait. Il revint le lendemain, mais le vieux portraitiste avait disparu.

Quelques semaines s'écoulèrent. Puis, à plusieurs reprises, il fit un rêve dans lequel il se rendait rue Du Trésor afin de revoir le vieillard. La place était bondée et il peinait à se mouvoir dans la cohue. Chaque fois qu'il s'approchait d'un artiste, celui-ci s'avérait être portraitiste. En fait, ils l'étaient tous et ressemblaient tous plus ou moins à celui qu'il cherchait. Mais aucun n'affichait son sourire ni son calme. La foule devenait de plus en plus oppressante. Chacun voulait avoir son portrait comme s'il s'agissait d'une question de vie ou de mort. Et dès qu'une personne l'obtenait, elle prenait les traits du vieux portraitiste. L'atmosphère s'alourdissait. Un sentiment d'urgence gagnait Camille, en même temps qu'il désespérait de ne jamais le retrouver. Sur le point d'abandonner, il se sentait attiré vers un bout de la rue qui s'apparentait à une oasis au centre d'un cyclone.

Il n'y avait pas foule à cet endroit, mais les gens y bavardaient en plaisantant. Eurêka ! Camille s'avançait, décidé à repartir avec son portrait. Les rires fusaient. Il jetait un regard par-dessus l'épaule d'un client. L'artiste était une femme ! Une grande femme, pas pressée et souriante, qui ne comptait pas son temps. Il ne savait plus que penser ! Celle-ci l'invitait à poser pour elle, tandis que les spectateurs éclataient de rire. En guise de réponse, il se laissait choir sur le banc devant elle, déconcerté et reconnaissant de constater que personne ne s'offusquait de lui céder la place. Une fois le travail achevé, elle lui remettait son dessin. Et à ce moment tout devenait flou et il ne voyait que la signature : *marchande de reflets*, jusqu'à ce qu'il s'éveille d'un seul coup, les yeux désespérément grands ouverts. Chaque fois, il restait là, immobile, à tenter une interprétation.

Ce rêve, qui revenait peupler ses nuits, le troubla. Quelle pouvait être sa signification ? Il avait beau chercher, le sens lui échappait. Pourquoi tous des portraitistes ? Pourquoi ressemblaient-ils tous à cette femme en étant pourtant différents ? Pourquoi les touristes, hommes et femmes, se transformaient-ils aussi ? Pourquoi oppression pour les uns et calme pour les autres qui se tenaient près de la portraitiste ? Et pourquoi le vieil homme était-il désormais une femme ? Pourquoi Camille ne pouvait-il voir le portrait esquissé par la marchande ? Et pourquoi cette drôle de signature ?

L'été tirait à sa fin. Son contrat terminé, il empaqueta ses choses et retourna chez lui. Tout l'hiver, son rêve le hanta d'autant que son ennui persistait. À l'exemple de bien d'autres, il avait dévié de son ambition d'écrire ; pour des raisons financières d'abord, par lassitude ensuite que le doute et la confusion provoquaient en lui. Traducteur et rédacteur, il rédigeait des textes dont la teneur administrative ne suscitait guère d'élan créatif.

Puis il reçut un appel de Sylvain. Les banalités d'usage épuisées, celui-ci en vint au cœur du sujet. Il s'informa si Camille écrivait toujours, et lui proposa de participer au projet spécial dont il était le responsable ; il s'agissait de souligner le cinquantième anniversaire de divers organismes culturels et artistiques de Québec. Il voulait l'embaucher à titre de « portraitiste officiel » des artistes et des personnalités de la région.

Le titre à lui seul fit sursauter Camille qui éprouva quelque difficulté à entendre la suite. Il ne saisissait pas. Il n'avait jamais dessiné. Sylvain lui expliqua que c'était ça l'originalité du projet ! Il cherchait quelqu'un d'assez habile pour esquisser le portrait de ses concitoyens avec des mots. Pas des entrevues ordinaires, des portraits faits avec la couleur des mots. Sylvain était persuadé que Camille était l'homme de la situation ; il avait toujours trouvé que son ami possédait le talent de cerner les autres. Devant l'accueil mitigé de sa proposition, il l'invita à venir le jeudi suivant à Québec. Il souhaitait lui expliquer plus en détail ce qu'il attendait de lui et en discuter devant un bon repas.

Camille se sentit à la fois hésitant et désireux de profiter de l'occasion de revoir son ancien compagnon. Ils avaient passé de nombreuses nuits blanches à refaire le monde et à rêver qu'ils vivraient un jour de leur plume. Qui sait ? Sylvain lui fournirait peut-être un moyen d'y parvenir.

Arrivé à Québec plus tôt que prévu, il ne résista pas à l'envie de bifurquer vers la rue Du Trésor. Il s'y rendit en réfléchissant à la proposition de son ami. Cette idée, pourtant pas si bizarre en soi, lui donnait l'impression qu'un petit malin s'amusait à parsemer sa route d'énigmes et de signes qu'il décodait à peine, pour le mener vers il ne savait où. En entrant au restaurant Le Saint-Amour, il repéra Sylvain qui l'attendait à une table près de la fenêtre.

Durant le repas, ils parlèrent de choses et d'autres un moment avant d'aborder le projet. Camille avait espéré que leur rencontre raviverait leur feu sacré, il constata qu'il avait plutôt pris une « sacrée débarque ». Eux qui juraient autrefois de ne jamais céder à l'urgence de faire du fric, ils étaient là à discuter de prix pour effectuer le portrait de ceux qui connaissaient la gloire. Des vagues de nostalgie le submergèrent. Sylvain fit habilement valoir les raisons pour lesquelles il voyait en Camille la personne indiquée pour un contrat de ce genre. Témoin d'une partie de sa vie, il le connaissait bien et usa d'arguments convaincants. Camille exigea quelques jours de réflexion. Ils échangèrent ensuite des nouvelles parvenues à leurs oreilles au fil du temps sur l'un et l'autre de leurs camarades d'étude. Sylvain lui apprit que, quelques années après la dissolution de leur petit groupe, l'une des filles s'était suicidée. Camille en fut bouleversé. Il avait toujours estimé qu'elle était la plus prometteuse d'entre eux.

Ces souvenirs surgis du passé le troublèrent plus profondément qu'il ne l'aurait voulu. Il avait la tête pleine de questions et peu de réponses. Il finit cependant par admettre que Sylvain avait raison sur un point : l'écriture et, plus encore, les mots l'avaient toujours fasciné. Ils avaient de l'importance dans sa vie et dans son évolution.

Il ignorait ce qui au juste l'avait amené à accepter cette offre. Des réminiscences de son étrange rêve pesèrent sans doute dans la balance. Poussé par la curiosité de voir où cela le conduirait et par le besoin de mettre fin à l'inconfort diffus qu'il ressentait depuis l'été précédent, il accepta.

Le contrat commençait en mars et consistait à produire le portrait d'une vingtaine de personnes. Les entrevues s'échelonneraient sur quatre mois. Camille était convaincu que la réalisation de ces entretiens en présence plutôt qu'au moyen d'une plateforme de communication virtuelle l'inspirerait davantage. Aussi, afin d'éviter de faire la navette entre l'Outaouais et Québec, il réserva la chambre de la Maison

Ste-Ursule. À plus forte raison qu'il chérissait l'idée de s'extraire quelque temps de sa routine.

À son premier rendez-vous, il se sentait coincé dans l'esprit de celui qu'on paie pour effectuer un boulot et non dans celui de quelqu'un qui va à la rencontre d'un autre humain. Il se demanda avec inquiétude comment il réussirait à remplir ce mandat.

Nerveux, il posait les questions d'usage avec retenue et sans sincère curiosité. Plusieurs de ses portraits demeurèrent dans le même ton. Ils rapportaient les propos des personnalités, sans trop s'éloigner d'une entrevue habituelle.

Sylvain se montra malgré tout satisfait. Quant à Camille, il trouvait l'expérience déprimante et il lui pressait d'en finir. Heureusement, quelques écrivains figuraient parmi les noms qu'il restait sur la liste. Par réflexe d'enfant, il avait gardé pour la fin ce qui lui paraissait la meilleure part du contrat.

La veille de son premier tête-à-tête avec l'un d'eux, il refit le rêve de la portraitiste. Il se leva fébrile, déstabilisé, et se présenta plus vulnérable que de coutume devant son « modèle », avec l'étrange sentiment de retourner des années en arrière, du temps où Sylvain et lui se précipitaient aux soirées de poésie, espérant qu'un jour ils monteraient sur scène avec les poètes.

L'entretien débuta normalement. La conversation dévia rapidement vers l'acte d'écrire et les motivations qui poussaient l'artiste à le faire. Camille, fasciné, en oublia presque de prendre des notes, se fiant au magnétophone pour retenir l'essentiel de ces propos. Par moments, il croyait s'entendre parler à l'époque où, étudiant, il exprimait avec enthousiasme son amour pour l'écriture. Il en fut touché. Quand il quitta les lieux, il se précipita à la librairie la plus proche pour se procurer les livres de l'auteur qu'il avait rencontré. Il les dévora un à un, cherchant dans les écrits et entre les lignes le souffle de la personne dont il venait de faire la connaissance et qui avait communiqué sa passion avec simplicité.

À s'abreuver de la puissance et de la beauté de ces mots, il reprit contact avec les siens et entreprit avec excitation son premier vrai portrait. Il se fit un point d'honneur de lire tous les livres disponibles des autres écrivains qu'il devait interviewer. Ce surplus de lecture le retarda et l'obligea à empiéter sur ses heures de sommeil, réduisant ses chances de rêver à la portraitiste et de recevoir enfin son propre reflet.

Ce rythme décousu affecta son seuil de fatigue. Une nuit qu'il ne parvenait pas à dormir, il alla se promener rue Du Trésor. Les événements de sa vie prenaient une telle tournure qu'il se mit à espérer une rencontre en pleine nuit avec le vieux portraitiste différent des autres. Il ne le vit pas mais, en route, il réfléchit à la transformation qui s'opérait en lui. Cette aventure ravivait sa passion pour l'écriture et ses semblables. Et même s'il prêtait sa plume pour d'autres histoires que la sienne, il en éprouvait de la satisfaction, et le sentiment de vide avec lequel il s'était débattu s'estompait.

Lorsque la saison touristique revint en force, il se rendit régulièrement rue Du Trésor. Il voyait venir la fin de son séjour avec appréhension. Il imaginait difficilement retomber dans la routine de son travail qui lui devenait de plus en plus ennuyeuse. Avant de repartir, il remercia Sylvain et l'invita à le rappeler si un autre contrat de ce genre se présentait. Celui-ci n'eut pas l'air surpris. Avait-il pressenti ce qui attendait son ami ?

De retour dans l'Outaouais, Camille raconta son aventure à gauche et à droite dans l'espoir que quelque chose se produise. Il gardait l'œil ouvert, à l'affût du moindre indice qui le ramènerait dans sa nouvelle voie de portraitiste. L'attente devenait intolérable. Craignant que resurgisse l'apathie qui l'avait envahi petit à petit, il éprouva de plus en plus souvent l'envie de s'enfuir vers Québec, dans cette ville où tout avait commencé, comme si d'y être suffirait à provoquer le hasard.

Un an plus tard, le signe espéré se présenta enfin. L'Association des auteurs et auteures de l'Outaouais fêtait son quarantième anniversaire et prévoyait marquer l'événement par diverses activités, dont une soirée en l'honneur des fondateurs. Camille connaissait quelques membres de l'Association. Deux autres membres, à qui il avait conté son aventure à Québec et siégeant au comité organisateur de l'événement, songèrent aussitôt à lui pour les textes de présentation. Puisqu'il s'agissait d'une célébration d'exception, on lui demanda s'il voulait écrire le portrait de ces personnes. Souhaitant retrouver la sensation de son expérience antérieure, il accepta malgré les délais serrés.

Dès le premier portrait, il vit poindre une difficulté : il avait déjà lu les livres de la majorité des auteurs à interviewer. Certains comptaient parmi ses amis de longue date. Leurs univers lui étaient familiers, et ses premières impressions étaient soit émoussées, soit trop fortement ancrées. Comment poser sur eux un regard neuf et raviver en lui le même état d'esprit qu'à Québec ? Il se trouvait dans la position de celui qui veut décrire de façon poétique la rivière qui coule au pied de son terrain depuis toujours, au lieu de celui qui s'émerveille en voyant la mer pour la première fois. Le doute s'empara de lui. Ses modèles se reconnaîtraient-ils dans les portraits qu'il leur offrirait ? Tenté de se rétracter ou de se contenter, comme à ses débuts à Québec, d'effectuer de simples entrevues, il se sentit coincé. S'il reculait, il devait renoncer au renouveau qu'il espérait, s'il avançait, il risquait de le perdre quand même et de s'enliser encore plus dans une sorte de tiédeur. Il fonça.

Par la suite, des amis, témoins de son travail, lui demandèrent un portrait, pour s'amuser. Camille se voyait mal faire le reflet de gens aussi près de lui. Il refusa, expliquant qu'à ce jour, il avait décrit des personnalités ou des artistes ayant concrétisé une passion sur laquelle il pouvait s'appuyer pour élaborer leur portrait. Son amie Lise, plus entêtée que les autres, réussit à le convaincre en prétextant qu'il connaissait très bien son histoire personnelle ; il n'avait qu'à s'en inspirer.

Du reflet de Lise à celui de quelques autres intimes, en peu de temps, le cercle s'élargit à leurs amis et aux amis de leurs amis. Camille y voyait une occasion d'explorer de nouvelles méthodes d'approche. Pour les auteurs à Québec, il y avait eu les œuvres, pour ceux de la région, il y avait eu la connaissance de leurs œuvres, pour ses amis, celle de leur vie. Ce qu'il avait perçu d'abord comme un handicap susceptible d'altérer ses premières impressions se révélerait peut-être un atout. Petit à petit, sa réputation de portraitiste se propagea grâce au bouche-à-oreille.

L'aventure ne s'arrêta pas là. Elle revêtait des airs de perpétuel défi ; chaque étape préparait la suivante. Un jour, il reçut l'appel d'un inconnu ayant lu les portraits réalisés à Québec. De passage dans l'Outaouais, il souhaitait obtenir son reflet. Même s'il était intrigué, Camille refusa. L'autre insista tellement qu'il voulut savoir pourquoi cet homme y tenait tant. «J'aime la sensibilité de votre écriture et je crois que vous pourriez m'aider à reprendre le chemin de mon être», lui expliqua-t-il comme s'il s'agissait d'une remarque banale.

Camille fut ébranlé. Les paroles de cet homme résonnaient en lui comme une vérité enfouie qu'il ne se sentait pas prêt à entendre. Il refusa une autre fois, prétextant être très occupé. L'homme lui donna ses coordonnées à Québec en le priant de l'appeler dès qu'il serait libre.

La tournure des événements le dépassait. Chaque nouvelle situation l'obligeait à plonger à des niveaux plus profonds de confiance. Plusieurs semaines s'écoulèrent sans que s'estompe le malaise que l'inconnu avait provoqué en lui. Il avait l'air si persuadé que Camille pouvait quelque chose pour lui et si décidé… au point de se déplacer de nouveau simplement pour le rencontrer… Cela faisait ressortir sa propre hésitation et son ambivalence.

L'impression que le reste de sa vie dépendait de son acceptation ou de son refus le tenaillait. À la fois curieux et inquiet de découvrir où cela le conduirait, Camille se trouvait à un point où l'aventure exigeait de lâcher prise et de s'abandonner à son destin. Il entreprit un petit sondage auprès de ses copains et copines à qui il avait offert des portraits. La plupart affirmèrent que les reflets leur avaient été profitables, sans être en mesure de préciser davantage. Au pire, conclurent ses amis qui l'encourageaient à oser l'expérience, son client insatisfait ne lui fournirait pas de bonnes références. Cette remarque simpliste l'aida à dédramatiser la situation et à voir à quel point il prenait ça trop au sérieux.

Il fixa un rendez-vous le plus tôt possible pour ne pas être tenté de changer d'avis. Entre-temps, puisqu'il ne connaissait rien de son client, il s'embourbait dans les préparatifs. Ses seuls indices étaient la détermination de cet homme et le son de sa voix qui lui parut celle de quelqu'un d'un certain âge et fort sympathique. Sur ces points, il ne se trompait pas. Cordial et convaincu, son client ne broncha pas devant ce qui devint un interrogatoire sur son emploi du temps, son statut social, ses préférences, ses goûts, ses champs d'intérêt, ses succès, ses bonheurs. Persistant à douter des bienfaits possibles pour un inconnu, Camille allait dans toutes les directions, à la recherche d'une piste qui lui donnerait confiance.

En guise d'excuse et comme s'il voulait prévenir son client d'un résultat désastreux, il bafouilla que c'était la première fois qu'il acceptait un contrat de ce genre, avec une personne totalement étrangère. L'homme l'invita à se détendre et à ne pas tant s'inquiéter. Il lui avoua que les portraits des écrivains plus particulièrement l'avaient incité à faire appel à ses services. Leur différence. Le style de l'écriture… presque une écriture témoin. C'est ce qu'il avait ressenti en les lisant.

Ces paroles produisirent un effet apaisant. L'allusion à l'écriture témoin lui rappelait les ateliers qu'il avait suivis pour parfaire son écriture et qui lui avaient tant plu. Ceux-ci visaient à apprivoiser l'angoisse de la page blanche en encourageant une écriture témoin de soi. Une bouffée de joie monta en lui en repensant à celle que tous ressentaient quand l'un des participants éprouvait le sentiment de dire vrai. Ils constataient chaque fois qu'une parole juste et authentique éclairait l'âme. Ce souvenir et la part d'intuition dans l'histoire de son client le branchèrent à la façon dont cette aventure se déroulait dans sa propre vie. Il se remit à poser des questions, l'esprit plus léger.

Quand tout fut terminé, et l'homme reparti, après avoir convenu qu'il enverrait le portrait par la poste dans les semaines à venir, Camille prit conscience de son estomac noué. Malgré la bienveillance de son client, il avait négligé de bien respirer pendant l'entretien. Épuisé, comme s'il avait couru un marathon, il se coucha sans souper et repoussa au lendemain le travail d'écriture.

Lorsqu'il s'installa enfin devant l'ordinateur, il constata que dans son énervement il avait omis de brancher son magnétophone durant l'entrevue. Il n'osait pas rappeler son client pour le lui annoncer. Il ne parvenait plus à se concentrer ni à se souvenir des paroles prononcées. Il sortit se promener le long de la piste cyclable afin de regagner son calme. Lui qui avait normalement bonne mémoire, l'affolement lui avait fait tout oublier.

Après un long moment, il rentra, exténué. Des bribes de conversation lui revenaient, mais beaucoup d'éléments demeuraient confus. En vain espéra-t-il un miracle. Il devait se résoudre à téléphoner à son client ; lui proposer de se rendre lui-même à Québec pour tout reprendre à zéro. En attendant, il s'accorda une nuit de repos. Il gagnait du temps.

Il dormit d'un sommeil agité. Dans une demi-conscience, à quelques reprises, les renseignements, sur le bout de la langue, lui échappèrent de nouveau. À l'aurore, le miracle eut pourtant lieu. Pas celui qu'il escomptait, évidemment, mais un petit miracle quand même. Dressé dans son lit, il eut la sensation que quelqu'un venait de le réveiller pour lui souffler la solution. C'était simple, du moins en jugea-t-il ainsi à cette heure. Il n'avait qu'à s'abandonner à l'état de réceptivité qui permettrait à sa créativité de se manifester. S'abandonner au plaisir du jeu et de l'inventivité comme il le faisait enfant quand il jouait au « jeu des mots » avec Ange-Aimée. Elle lui lançait n'importe quel mot auquel il en associait spontanément un autre.

Après quelques bonnes respirations pour mieux s'ouvrir au processus de création, il jeta sur papier les bribes de conversation qui lui revenaient en tête et les mots qui lui venaient à l'esprit quand il pensait à cet homme. Répétant à haute voix le nom de son client, il notait les mots qui surgissaient. Pour le reste, il lui suffisait de faire confiance. Se mettre en état de contemplation et de réceptivité comme s'il observait un tableau ou la nature. Faire appel à tous ses sens et laisser les mots remonter à sa conscience.

Excité à l'idée que cela pût fonctionner, il se leva, pressé de s'asseoir à sa table de travail. Si ça n'allait pas, il serait encore temps de prendre contact avec son client pour lui avouer son étourderie. Son calme revenu, il réussit à produire un court portrait. Encouragé, il révéla à l'homme qu'il avait dû s'en remettre à sa seule mémoire… et au jeu des mots. Devant le silence perplexe de son client, il lui expliqua en quoi consistait ce jeu. Ça le fit rire et, du coup, l'atmosphère se détendit… ainsi que Camille. L'homme se montra satisfait de son portrait. Pour se faire pardonner et malgré les protestations de son client, Camille insista pour le lui offrir, précisant que l'expérience lui avait fait repousser ses propres limites, grâce, en grande partie, à la confiance qu'il lui avait démontrée.

Bien que l'enseignement de cette expérience ne fût pas entièrement intégré, il porta ses fruits. Camille se sentait plus confiant. Tantôt il connut la joie d'une pure créativité, tantôt il glissa vers ses vieux procédés d'entrevue. Il raffinait sa plume, et ses clients étaient en général satisfaits. Le bouche-à-oreille allait bon train et la demande pour ses portraits s'accrut. Toutefois quelque chose clochait. Il n'aurait su dire quoi. La partie ne semblait jamais gagnée.

Une jeune femme vint bousculer ce fragile équilibre. Cet après-midi-là, le soleil de fin de journée enveloppait les lieux d'une lumière apaisante. À l'horizon, le parc de la Gatineau se déployait dans ses habits d'automne. Camille, debout devant la porte-fenêtre de son bureau, respirait profondément en admirant cette vue splendide qui l'avait motivé à emménager dans cet appartement haut perché et à intervertir salon et bureau pour en profiter le plus possible. Comme avant chaque rendez-vous, il laissait planer sa pensée au-dessus des arbres, se nourrissant de leur force tranquille. Ce rituel, adopté depuis la venue du premier client, lui permettait de retrouver le calme et l'attention nécessaires pour être entièrement présent, à l'écoute. Le carillon du rez-de-chaussée l'avertit de l'arrivée d'un visiteur, annonçant ainsi la fin de cette pause de l'esprit. Camille en profita encore quelques minutes, le temps que sa cliente atteigne le dix-huitième étage.

Ils échangèrent sur les beautés de la région de l'Outaouais et la vue magnifique qu'offrait son appartement, puis Camille dirigea la jeune femme vers un fauteuil. Après avoir loué ses talents, dont elle avait entendu parler, sa perspicacité, la justesse de ses reflets, elle ajouta :

— On m'a dit que vous pouvez aider les autres à savoir qui ils sont. Je ne sais plus où j'en suis. Un petit coup de pouce me ferait du bien.

— Vous savez, je me contente de faire un portrait, sauf qu'il est en mots plutôt qu'en dessin. J'écris ce que je perçois. C'est un reflet, rien de plus. Entendons-nous, je ne suis pas psychologue mais portraitiste… Alors, si vous êtes toujours d'accord, nous pouvons commencer.

Sur ces mots, la jeune femme gardait les yeux fixés au sol. Perdue dans ses pensées, elle cherchait à formuler autre chose qui lui échappait ou la gênait. Camille en profita pour l'observer. Une jolie femme, dont la tenue dénotait le soin qu'elle mettait à bien paraître.

— Je ne sais plus très bien où je m'en vais. Vous pourriez peut-être m'aider à démêler tout ça et me dire ce qui va m'arriver maintenant…

Voilà donc ce qu'elle attendait ! Elle croyait que Camille lui dirait la bonne aventure ! Quand il précisa un peu plus sèchement ne pas être un voyant, elle poursuivit, comme si elle n'avait pas perçu l'agacement de Camille, en demandant s'il pouvait au moins lui confirmer si elle allait dans la bonne direction.

— Pour aller où ?

— Je ne sais pas… La direction que je suis censée prendre.

— Selon qui ?

— Je ne sais pas…

— Je ne comprends pas.

— Je veux dire, j'ai pensé que vous pourriez peut-être… étant donné que je ne sais pas réellement… Vous pourriez peut-être m'indiquer ce que je dois faire… les grandes lignes de ce à quoi je dois ressembler. Vous voyez un peu ? Le genre de truc pour réussir sa vie !

— Je ne peux pas répondre à ça ! Vous ne comprenez pas bien mon travail. Vous trouveriez une meilleure aide auprès de spécialistes tels que…

Il n'eut pas le temps de terminer sa phrase que la jeune femme le supplia d'effectuer son portrait, en concluant que ça ne pouvait pas lui faire de mal. Elle avait l'air complètement démunie. Elle insista tellement qu'il finit par acquiescer. Il refléterait ce qu'il percevait, mais lui rappela que c'était à elle de savoir quoi faire de sa vie. Après quelques questions, il s'aperçut qu'elle ignorait ce qu'elle aimait ou n'aimait pas, ce qu'elle voulait ou ne voulait pas. Elle se tenait là, devant lui, belle et prête. Prête à répondre à ses questions, prête à répondre aux attentes des autres et de la vie. Prête. Tout endimanchée. Son histoire était simple : elle s'était préparée à plaire. Belle, attirante, souriante. Comme si sa vie n'avait été jusque-là qu'une longue série d'étapes préparatoires. Une espèce de chasse au trésor. Et Camille, présumait-elle, lui fournirait le prochain indice pour se conformer davantage à une sorte de norme idéale convenue de tous.

Une fois l'entretien achevé, tous deux s'entendirent qu'il lui téléphonerait aussitôt le portrait terminé. Cette visite l'ébranla plus qu'il ne l'aurait voulu. Contrairement à ses autres clients, la jeune femme attendait de lui une image à laquelle se modeler et non un reflet. Ça allait totalement à l'encontre du sens même d'un reflet. C'était insensé. Comment une si jolie fille avait-elle pu en arriver là ? Et comment avait-elle pu croire qu'il pouvait l'aider ?

Les mots lui faisaient la tête. D'habitude, ils commençaient à émerger dès qu'il apercevait la personne. Après une entrevue, les phrases surgissaient en lui, sa pensée elle-même se mettait en mode d'écriture. Elles pouvaient survenir à n'importe quel moment. Mais là, les mots lui arrivaient par bribes, décousus : âme brouillée… portrait sans vie… Il s'égarait. Ça n'avait aucun sens ! De plus en plus dérouté, il ne saisissait pas la signification de tout ça. Pendant plusieurs jours, il relut les portraits écrits depuis le début de cette aventure. Il médita, s'efforçant de reprendre contact avec la source créatrice en lui. En vain. Il dut se rendre à l'évidence : cette fois, il ne réussirait pas. Il rappela sa cliente et l'informa que le travail n'avançait pas. Il était navré, il ne pouvait rien pour elle. Il ajouta qu'il s'absentait pour un long moment, il avait besoin de réfléchir.

Elle voulut savoir s'il ferait son portrait à son retour. Il se contenta de répéter qu'il ne voyait vraiment pas comment il pouvait l'aider. Il était désolé et lui rembourserait les frais de leur première rencontre. Il raccrocha le combiné malgré les sanglots retenus qu'il percevait dans la voix de son interlocutrice.

Il eut l'impression que le vrai travail s'amorçait pour lui. Il était incapable d'écrire quoi que ce soit d'autre. Les mots le boudaient et, s'ils venaient, lui se perdait dans la confusion, comme s'il retournait à la case départ de cette aventure. Las et dépassé, il augmenta la fréquence de ses escapades dans les sentiers du parc. Le reste du temps, il le passait en partie à contempler la nature du haut de son observatoire personnel. Rien cette fois n'était écrit dans le ciel.

Puis, Françoise téléphona pour lui rappeler sa promesse de les aider à vider le grenier.

À mon réveil, j'avais besoin de fantaisie. Sans doute inspirée par l'histoire étonnante de marchand de reflets de Camille. La maladie, qui s'est tissé un nid au chaud dans mes poumons, a emprunté dans mon esprit l'aspect du nénuphar poussant dans le poumon droit de Chloé, l'héroïne de L'Écume des jours. Une lecture recommandée par Camille durant ses années collégiales. J'avais pris plaisir à découvrir ce roman sans toutefois ressentir l'intense émotion qui avait envahi mon jeune ami séduit par la fantaisie et la profondeur de l'œuvre.

Quand j'aurai terminé l'écriture de cette page, je relirai ce livre avec plus d'attention que je ne l'ai fait la première fois, mais surtout avec plus d'ouverture. Mon souhait de mieux aimer et de devenir une meilleure amie m'habite plus que jamais.

Je croyais avoir bousculé suffisamment mes perceptions en acceptant les vagues provoquées dans mon univers par ma volonté d'identifier la cause de l'éloignement entre Camille et moi. En revisitant notre histoire, je m'aperçois que plusieurs d'entre elles représentent des vagues de surface, des ronds dans l'eau. La mer étale, la sérénité, dort dans les entrailles de ma propre vie. J'aspire à cette harmonie.

J'ai envie d'engagement. Écrire jusqu'au bout notre histoire, dussé-je revoir mon habitude à tout rationaliser et ma quête obstinée de certitudes.

7

Les retrouvailles se poursuivent

Le jour naissant baignait la pièce de lueurs mauves. La longue nuit de confidences semblait avoir tari la parole de Camille. Il se leva et se dirigea vers le foyer. Pareil aux cendres refroidies qu'il déplaçait pour s'assurer que le feu était bien éteint, il se sentait remué d'avoir retracé le fil de sa vie des dernières années.

Il m'avait prévenue que son histoire n'était pas simple ou, à tout le moins, inusitée. Et avec cette jeune femme, les choses paraissaient s'être compliquées davantage. Il regrettait de ne pas lui avoir posé plus de questions pour découvrir ce qui l'avait menée à se perdre à ce point. Mais à ce moment-là, il n'y arrivait pas. Elle lui avait demandé à quoi elle devait se soumettre. Elle voulait obtenir une sorte de modèle à suivre pour réussir sa vie. Il n'avait su que répondre. C'était à l'opposé du but d'un portrait.

Tout lui parut absurde… les reflets… et tout le reste. Qui était-il pour effectuer le reflet des autres ? Lui qui n'arrivait même pas à percevoir le sien en rêve ! Il avait sûrement mal décodé les signes que la vie lui envoyait.

— Je voulais tellement trouver un sens à tout ça. J'ai sans doute forcé leur interprétation, reprit-il après un moment.

— C'était la première à te demander ça ?

— À ce point-là ? Oui. Le pire, c'est que ça m'a irrité qu'elle le fasse. Bon, on ferait mieux de changer de sujet. De toute façon, j'ai décidé d'arrêter. Je crois que c'est préférable ! Ça me ferait du bien de voyager un peu… Je ne sais pas… C'est peut-être de la fuite, lança-t-il en revenant s'asseoir près de moi et en me prenant la main. Je ne sais pas si ça a servi à quelque chose de te déballer cette tranche de vie. En tout cas, ça m'a fait du bien et là, tu sais où j'en suis… comme quand j'étais petit.

En effet. Cher Camille ! Il me rappela que la prochaine fois, ce serait à mon tour. Par habitude peut-être, ou par pudeur, je m'empressai de préciser que ce serait vite fait, puisqu'il ne se passait pas grand-chose de neuf pour moi depuis longtemps. Je vivais une retraite tranquille et j'avais beaucoup de temps pour réfléchir, comme lui.

— Euh, je ne veux pas dire que tu as du temps. Je veux dire que tu as toujours beaucoup réfléchi. Et je vois que ça n'a pas changé. Tu te donnes encore autant de mal.

— Peut-être trop. Je me le demande. Ça ne vaut peut-être pas la peine. Plus j'avance, plus tout s'embrouille. J'ai l'impression que j'essaie de faire un énorme casse-tête, mais il me manque des morceaux.

— Qu'à cela ne tienne ! Deux têtes valent mieux qu'une ! Ne te décourage pas… Ce n'est pas toi qui répétais que ça peut prendre des années avant qu'on déchiffre certains signes ?

— C'est vrai. Et on ne va certainement pas résoudre quoi que ce soit ce soir. Que dis-je, ce matin ! Tu as vu l'heure ? Vite, il faut que tu ailles dormir.

Je le rassurai ; j'aurais amplement le temps de me reposer durant la journée. Je souris en constatant que les rôles étaient inversés. J'étais d'accord pour qu'on s'arrête, parce qu'il m'avait raconté une belle histoire. Il dut cependant me promettre qu'il reviendrait avant son départ et qu'on ne se perdrait plus de vue.

— Croix de bois, croix de fer… D'ailleurs, il faut bien que je revienne puisque la prochaine fois ce sera à ton tour. Maintenant, au lit ! Tantôt, je dois continuer le tri des objets dans le grenier. Tu ne trouves pas que ça tombe à un drôle de moment ? Bon ou mauvais… c'est selon.

— Allons dormir avant de relancer une autre discussion. Ma vieille cervelle ne suivrait plus. Ce n'est que partie remise !

L'histoire de Camille me revenait par bribes. Malgré la fatigue, je ne réussissais pas à faire taire mon esprit. Je retrouvais l'enfant que j'avais connu. L'enfant chéri était pourtant bel et bien devenu un homme. En revanche, je devais admettre qu'il conservait de l'enfance sa manière théâtrale et personnelle de me raconter ce qu'il vivait. Ce qui me frappa le plus fut le ton de son récit. Il avait toujours l'air de conter une histoire. Jamais rien d'ordinaire. Et même s'il était le personnage principal de ces histoires, ce ton emphatique donnait l'impression qu'il ne les vivait pas vraiment. Déjà enfant, il me racontait les événements de sa journée avec moult détails et descriptions. Ça laissait presque croire qu'il s'agissait d'un film qu'il venait de visionner tant sa mémoire avait tout enregistré.

Autrefois, cela avait le don de m'impatienter, moi qui vivais dans le rythme de l'urgence, dont celle de sauver des vies. J'avais du reste éprouvé un besoin grandissant de me trouver un passe-temps qui me permettait de laisser filer l'urgence dans le gazouillis des oiseaux. Je pouvais troquer le hurlement des sirènes d'ambulance contre leur sifflement et leur chant.

Le retour de Camille dans ma vie me nourrit. Écrire notre histoire me nourrit aussi. Je me sens en meilleure harmonie avec ce que je compte faire du temps qu'il me reste.

Écrire adoucit mon présent, éloigne la crainte de ce qui est à venir.

Loin des sirènes de l'urgence, je me concentre enfin sur ce qui me fait du bien. L'écriture de ce livre m'apporte de la paix en me permettant de retrouver une sensation de mon enfance, quelque chose de presque totalement oublié : le plaisir d'errer sans destination ni but précis, et surtout, sans contrôle ni bouclier.

8

Ménage du sous-sol

Contre toute attente, je sombrai dans un sommeil profond et réparateur, de ceux que certaines nuits nous offrent dans les grandes occasions en dépit des accrocs que l'on fait à la sagesse que nous dicte notre corps. Reposée, j'ouvris les yeux sur ce nouveau jour passablement entamé. Je pris un livre et sortis dans le jardin afin d'en profiter le plus possible. En me dirigeant vers ma balançoire, je jetai un regard dans la cour d'à côté. Mon œil s'attarda à l'énorme souche du saule sur laquelle plombaient les derniers rayons de soleil. Émile avait dû couper l'arbre plusieurs années auparavant en raison des dommages que ses racines causaient aux fondations de la maison. De nombreux voisins avaient dû se résigner à l'imiter. Je me souvenais combien le paysage dénudé m'avait chagrinée ; pas autant que Camille cependant qui avait vu son complice s'étendre de tout son long et s'éteindre dans un ultime craquement.

Notre conversation de la veille avait provoqué une série de rêves et remué autant de souvenirs. Alternance d'instants tristes et heureux, tels la chute du vieux saule, et cet autre que je me rappelais avec joie. Mon jeune ami avait alors dix ans. Il emprunta, à mon insu, un livre dans ma bibliothèque : *Le Grand Meaulnes*. Je ne l'aurais pas su si sa lecture ne l'avait pas tant bouleversé. Oubliant qu'il avait pris ce livre sans ma permission, il se précipita chez moi en larmes, ému par la fin tragique de l'histoire et par la loyauté qui liait certains personnages. Il fut touché par l'histoire aussi bien que par la beauté des mots.

J'avais compris que ce n'était pas le moment de le réprimander. À plus forte raison que la lecture de ce roman m'avait touchée moi aussi en dépit du fait que je l'avais lu à un âge où la pureté du lien d'amitié entre les deux protagonistes ne me paraissait plus très réaliste. Ce ne fut pas la seule occasion où Camille se laissa émouvoir par un livre, mais c'en fut une belle. Déjà l'amitié signifiait beaucoup pour lui.

Je me promis de lui reparler de cet incident. Je frissonnai, l'air s'était beaucoup rafraîchi. La vieille souche et mes souvenirs retournèrent dans l'ombre. L'automne pesait lourd, et pas uniquement sur mes vieux os. Je reprenais doucement contact avec mon ami. Pour l'heure, ça me suffisait.

Le lendemain, Rose, Marie et Laurie devaient arriver à la fin de l'avant-midi. Je pensai à elles avec plaisir. Les filles étaient nées à peu d'intervalles l'une de l'autre, mais huit années séparaient ensuite Laurie, la plus jeune, de Camille. À tour de rôle, elles avaient cajolé et pris soin du seul garçon de la maisonnée. Pendant leurs années de vie commune, la différence d'âge rendait les trois sœurs bien tolérantes envers ce petit frère qui avait à leurs yeux des allures de poupée plutôt que de rival. Une seule limite à respecter : la « chambre des filles », leur territoire. Sur ce point, elles étaient demeurées intraitables.

Ponctuelles, mais surtout heureuses de se retrouver tous ensemble, les filles se pointèrent le samedi à l'heure prévue.

Camille délaissa le grenier et s'engouffra dans le sous-sol avec ses sœurs. Vieux vélos, patins de différentes tailles, chaises de parterre et autres objets du genre furent mis au rebut. Les filles s'occupaient du tri, lui, des sacs à mettre aux ordures. Que les choses trouvent preneurs ou pas, elles furent vite dirigées là où elles devaient l'être. Le travail à quatre progressait rapidement. En vingt-quatre heures à peine, le tour était presque joué. La partie du tri qui exigeait des prises de décisions était terminée. Camille donna congé à ses sœurs. Il avait presque hâte de retourner au grenier. Dans l'un de ses derniers déplacements du sous-sol au trottoir, il fit un détour de mon côté pour m'annoncer qu'il me verrait le jour suivant.

Le lendemain, je me lançai dans la préparation de ma fameuse sauce à la viande pour offrir à mon ami un fumet auquel il ne saurait résister. Ma ruse fonctionna. Vers dix-huit heures trente, il s'installa devant moi à ma table. Je lui demandai comment se passait le tri. L'exercice lui faisait du bien, plus qu'il ne l'aurait imaginé. Être dans la maison de son enfance avec ses odeurs familières et ses parents le réconfortait. Il avait retrouvé de vieux livres et des papiers : des notes, des travaux d'université, et même d'avant, des textes. Son espoir de découvrir quelque chose d'utile en fouillant dans ces cartons fut déçu. Il mit de côté pour ses neveux, des trucs à lui quand il avait leur âge. Des jouets, des livres, des bandes dessinées, des toutous, ses préférés qu'il avait gardés pour ses éventuels enfants. Mieux valait à présent les donner avant qu'ils deviennent trop défraîchis. Puis il était tombé sur ses *walkies-talkies*, ceux que je lui avais offerts au chalet. Cela nous ramenait tous deux loin en arrière.

Il s'informa si je voyais toujours mon amie Hélène, la mère de Gabrielle, que nous avions connue autrefois à la campagne. Je lui expliquai qu'elle n'était plus membre du club d'ornithologues que nous avions fréquenté ensemble pendant des années ; quant à moi, je participais encore aux activités de temps en temps, pour rencontrer des gens. Ça faisait très longtemps qu'Hélène et moi communiquions uniquement par téléphone. Tout le monde vieillit et il ne se passait pas grand-chose de nouveau dans nos vies non plus. Aux dernières nouvelles, toute la famille se portait bien.

— J'aimerais ça revoir Gabrielle, échappa soudain Camille, d'une voix nostalgique presque inaudible.

— Qu'est-ce qui t'en empêche ? Vous vous êtes revus après le chalet, non ? Pourquoi vous êtes-vous perdus de vue ?

— Pour un tas de raisons. On ne partageait pas tout à fait les mêmes sentiments… plutôt pas les mêmes visions de la vie et des relations.

— Ah, non ? Tu ne m'as jamais parlé de ça.

— Ne me dis pas que tu n'avais pas remarqué qu'à quinze ans je la voyais dans ma soupe ?

— Bien sûr que si. Je croyais que c'était réciproque.

— Oui. Non… Pas exactement. De toute façon, on était trop jeunes… On s'est côtoyés en amis un bout de temps. Quand j'ai commencé à sortir avec Caroline, on s'est vus moins souvent. Ma blonde n'appréciait pas mon « drôle d'attachement », comme elle le qualifiait. Une couple d'années après notre rupture, j'ai revu Gabrielle. J'ai même tenté ma chance. On est sortis ensemble, mais les relations à distance, c'est difficile.

— On n'a jamais su que vous aviez formé un couple ! Êtes-vous restés longtemps des amoureux ?

— Pas tant. On se voyait les fins de semaine. Elle est tellement secrète. Elle voulait qu'on attende de voir si ça allait fonctionner entre nous avant d'en parler aux autres. Quand je lui ai demandé de vivre avec moi en Outaouais, elle a conclu une fois pour toutes que ça n'allait pas marcher… Tu te souviens comme elle ne parlait pas beaucoup ?

Ce mutisme n'avait malheureusement pas changé. La seule fois qu'elle lui exprima sincèrement ce qu'elle ressentait, ce fut pour lui annoncer qu'elle le quittait. Elle trouvait trop exigeant de vivre auprès de quelqu'un sans malice tel que Camille, qui ne savait pas bien se protéger. Elle répétait que même si elle adorait son chien, doux et gentil, elle n'oubliait jamais que c'était un animal qui pouvait sans crier gare avoir un comportement imprévisible et féroce, et que ça valait pour les humains aussi. Après, bien… la distance et tout le reste…

— La soirée file à la vitesse de l'éclair, prétexta-t-il pour changer de sujet. Il ne faudrait pas réitérer la nuit blanche de jeudi, ajouta-t-il en se levant. Il débarrassa rapidement la table, nettoya la vaisselle et prit congé en me rappelant qu'une partie d'échecs avec Émile restait au programme. Le lendemain, il retournerait à ses boîtes, et moi, à mes souvenirs.

Je me rappelle que j'avais ressenti moi aussi ce que Gabrielle avait osé formuler. Contrairement à la plupart d'entre nous qui cultivons un jardin secret qui en isole plus d'un, Camille est généreux de son monde intérieur. Pendant longtemps, il m'avait confié sans censure ce qui l'habitait : impressions, observations, pensées, émotions.

Camille est un drôle d'oiseau. Pas étonnant qu'il se soit retrouvé avec ce métier qui sort de l'ordinaire. Je comprends mieux comment sa propension à percevoir les relations d'abord comme des occasions d'évoluer à ne pas manquer le rend plus vulnérable à la contagion émotionnelle. Je n'ai pas voulu voir que cela affectait sa joie quand les personnes ne croient pas en la possibilité de changer l'ordre des choses ou eux-mêmes.

Visiblement, je n'ai pas toujours su l'écouter sérieusement. Loin du rythme effréné, mon écoute se porte mieux. J'en suis ravie.

9

Souvenir de Gabrielle

Je n'avais pas osé forcer les confidences de mon ami la veille, malgré la pointe de tristesse perceptible dans sa voix. Évoquer Gabrielle raviva la mémoire de cette époque où j'emmenais Camille à mon chalet, deux ou trois fois par année. Pour s'y rendre, il fallait quitter la route et emprunter un chemin de terre qui traversait le champ où paissaient les vaches du fermier qui m'avait vendu un bout de terrain sur lequel il avait construit un chalet en rondins. À la droite se dressait une colline que nous longions avant d'atteindre mon oasis. Au pied de la colline apparaissait une cabane formée d'une seule pièce et d'une véranda. Elle appartenait à un ami du cultivateur, mort avant ma venue dans les parages. Sa veuve continuait d'y venir tous les étés, pendant les vacances, avec son fils, sa bru et leurs six enfants.

Camille adorait cette famille particulière qui, à l'exception de la grand-mère, vivait à la manière des gitans. Une tente leur servait de dortoir et une autre de cuisinette. La famille passait l'été au grand air et tout le monde s'en trouvait fort bien. Surtout les jumeaux à peu près du même âge que mon jeune ami, qui avait alors huit ans. Le jour de leur rencontre, ils s'amusèrent beaucoup ensemble. Sitôt rentré, Camille m'avisa de son intention de revenir l'été suivant. « Ça fait changement du reste de l'année où je dois vivre dans une maison de filles », ajouta-t-il pour justifier la fermeté de son ton.

Camille et moi avions convenu que les déjeuners et les soupers constituaient nos moments à nous. Il pouvait passer le reste de la journée avec les petits voisins. Camille les délaissait toutefois régulièrement pour se réfugier au pied d'un énorme pin situé au sommet de la colline. La plupart du temps, il emportait avec lui ses jumelles qui lui servaient davantage à observer les humains que les oiseaux. De là-haut, il apercevait le campement. Comme dans le saule en ville, il pouvait épier à sa guise la vie qui se déployait en bas. Il semblait éprouver le besoin de s'éloigner du monde pour lui être plus présent. Quand il se retirait sous le gros pin, les garçons respectaient son désir de solitude.

Les jours de plein soleil, nous nous prélassions tous à la plage. Notre groupe en représentait les seuls visiteurs. Vers la fin de l'après-midi, contrairement aux autres gamins qui désertaient le sable blond pour s'adonner à diverses activités pendant que les adultes préparaient le repas, Camille s'y attardait. C'était son heure favorite, me confiait-il ému en rentrant au chalet, les yeux remplis de cette lumière et de la joie qu'elle lui procurait, comme s'il s'agissait chaque fois d'une découverte extraordinaire.

Certains soirs, après le souper, un autre rituel avait lieu. Les enfants d'à côté lavaient la vaisselle tandis que leur mère cuisinait sur son réchaud à gaz butane une recette de sucre à la crème aux arachides. Chacun s'affairait, car il fallait prendre place devant le feu de camp avant la tombée de la nuit. Le sucre à la crème chaud remplaçait les traditionnelles guimauves, sans que personne ne songeât à s'en plaindre. Ces fois-là, Camille et moi étions invités à nous joindre à eux. Nous devions apporter les boissons.

Ces veillées réjouissaient les gamins, mais jamais autant que celle du « grand feu » qui avait lieu une seule fois par été. Avec l'aide de ses garçons, le cultivateur transportait sur la plage des arbres morts de son érablière. Les gitans et leurs enfants, le fermier et sa famille, et moi, formions un cercle autour du feu. Chaque fois que je le pouvais, j'emmenais Camille pour qu'il profite de cette soirée. L'été de ses quinze ans, sachant que les étés sans emploi et nouvelles obligations se raréfiaient pour lui, je fis ce qu'il fallait afin d'obtenir un mois de vacances et l'accord de mes voisins pour emmener leur fils. C'était une demande spéciale. Il était venu réguliè-rement auparavant, jamais aussi longtemps. Cet été-là, ses parents trouvèrent l'idée bonne. Camille, adolescent, ne savait trop que faire de son temps et de sa personne. L'invitation tombait à point nommé.

Ce même été, Hélène Rochon loua un des trois chalets que le cultivateur avait bâtis à l'autre bout de la plage afin de rentabiliser son bord de l'eau. Elle s'y installa avec sa fille, Gabrielle – son mari, Hubert, devait les rejoindre les fins de semaine s'il parvenait à se dégager au travail. Elles arrivèrent le jour du grand feu. Elles furent immédiatement invitées à se joindre au groupe pour la fête. Le soir venu, après les pré-sentations, chacun se choisit un coin près du feu. Rassemblés autour des arbres en flammes, nous chantâmes en chœur, comme à notre habitude, les airs et les chansons de nos réper-toires réunis. Nous chantions, mangions et célébrions la vie dans la nature et les vacances.

Le lendemain, profitant de notre tête-à-tête du déjeuner, je m'informai auprès de Camille de ses impressions sur les nouvelles venues. Il les trouvait gentilles, commenta-t-il avec réserve. Je fis la remarque que Gabrielle et lui semblaient du même âge ; il marmonna, agacé, qu'elle était sûrement plus jeune. Lorsque je demandai s'ils allaient se revoir, il s'empressa de répondre qu'elle avait plutôt l'air d'une solitaire. Contrairement à ce qui s'était passé quand il avait fait la connaissance des garçons, ce furent ses seuls commentaires sur la mystérieuse Gabrielle aux cheveux noirs et aux yeux bleus presque violets. Je m'étais avancée sur un terrain sur lequel, Camille, qui allait avoir seize ans à l'automne, ne désirait pas s'engager.

Les deux jeunes se revoyaient, mais tel que l'avait pressenti Camille, la belle était de nature farouche et préférait être seule, ou en compagnie d'animaux. Elle avait d'ailleurs emmené son chien, Patate, qui la suivait partout. Elle passait une partie de la journée dans le champ derrière, à s'amuser avec lui et les vaches, plutôt que de profiter du bord de la rivière comme les autres, ou bien elle y allait quand tous étaient repartis. Elle et son labrador couraient le long de la plage qui s'étendait sur un kilomètre.

Je notai que mon ami passait plus de temps sous le pin. À quelques reprises, alors que je me berçais ou que je peignais sur la galerie, j'aperçus l'adolescente, marchant sur la plage avec son fidèle compagnon, un *walkie-talkie* à la main, en train de converser avec Camille juché sur la colline. On aurait dit qu'ils ne réussissaient à se parler qu'à distance.

Gabrielle participait peu aux activités des autres jeunes, encore moins quand une partie de pêche était au programme. Elle détestait voir souffrir les poissons transpercés d'un hameçon. En revanche, lorsqu'Hélène et moi partions en randonnée pour observer les oiseaux, les deux ados se joignaient à nous. Tous en silence. J'aimais bien Hélène, et c'était réciproque.

Une amitié simple, née de notre passion commune pour les oiseaux. C'était de bon augure. À notre retour, nous avions l'habitude de nous rafraîchir dans la rivière. Après notre baignade, nous nous promenions longuement les pieds dans l'eau, bavardant de choses et d'autres.

Peu de temps après son arrivée, lors d'une de ces promenades, Hélène m'interrogea sur mon lien avec Camille. C'était la première fois que quelqu'un s'en informait. Surprise, je répondis bêtement qu'il n'y avait pas tant à dire, hormis que je l'avais connu petit enfant et qu'il était comme un fils pour moi. Elle voulut savoir comment ses parents prenaient la situation. Je lui confiai ma grande reconnaissance d'avoir des amis aussi généreux. Françoise comprenait qu'il représentait un peu l'enfant que je n'aurais jamais. Un sacrifice que j'avais fait. Non, un choix… pour la médecine… Cette profession ne teintait pas uniquement le caractère, elle pouvait orienter toute une vie. Heureusement qu'il y avait Camille !

— Et comment c'est avec lui ?

— Tu en as des questions ! Tu es pire que lui.

— Excuse-moi. Je ne veux pas être indiscrète. Si tu aimes mieux, on peut changer de sujet.

— Non, non. C'est seulement que j'en parle rarement… en fait, jamais. Je dois être pour lui une drôle d'amie, une adulte à qui il peut se confier d'une autre manière qu'à ses parents. Il est, comment dire… spécial… J'imagine qu'on trouve toujours ses enfants spéciaux. Je ne sais pas. Je dis ça. Je ne suis pas mère… Je l'aime beaucoup.

— Il te pose des questions. Alors, vous parlez souvent ensemble ?

— Pour ça, oui ! C'est surtout que Camille se pose des questions. Il réfléchit beaucoup et me fait part de ses réflexions.

— Le contraire de Gabrielle! Elle ne parle jamais. Elle est si secrète. Elle a peu d'amies, à part les animaux. On dirait qu'elle n'a confiance en personne. La seule chose que je sais, c'est qu'elle veut devenir vétérinaire. Elle paraît mieux s'entendre avec les animaux qu'avec les humains. Des fois, je pense que si j'avais eu un autre enfant… Elle aurait peut-être été moins solitaire.

Même si je ne me sentais pas très bien placée pour la conseiller dans ce domaine, je tentai de la rassurer en lui disant que Françoise m'avait déjà avoué que son fils ne discutait pas avec elle comme avec moi. Ça devait être semblable pour sa fille, elle se confiait sans doute à d'autres.

Quelques jours plus tard, à l'heure magique de Camille, Gabrielle s'aventura avec son chien jusqu'à notre bout de la plage. Pour moi aussi, cette période de la journée était mon heure de prédilection. Le coucher de soleil rougeoyant nimbait d'une chaude lumière les arbres, le sable et même l'eau calme de la rivière. Je sortis sur la galerie me gorger de cette aura magnifique en songeant que nous n'avions rien à envier aux pays exotiques.

Un sentiment de paix régnait et me gagnait peu à peu. La nature me remplissait les yeux et le cœur. L'un de ces moments qui, par leur seule beauté, se gravent à jamais dans notre mémoire. D'où je me trouvais, je pouvais voir Camille. Étendu sur le sable pour admirer le ciel à travers le feuillage des arbres, il s'était endormi. J'aperçus Gabrielle ordonnant à son chien de se coucher et de l'attendre. S'approchant délicatement de Camille pour ne pas troubler son sommeil, elle prit une branche oubliée sur la grève et traça un cercle autour de lui, comme si elle voulait attirer sur lui la protection du génie des lieux. Elle resta un moment, immobile, à l'observer. Camille ne se réveilla pas. Elle repartit aussi doucement qu'elle était venue. Émue d'avoir assisté à ce qui me parut une sorte de rituel sacré, je rapportai plus tard à Camille ce que j'avais vu. Je n'aurais probablement pas dû. Ces moments de grâce appartiennent aux témoins mais peut-être pas aux acteurs assoupis.

Hélène et Gabrielle demeurèrent deux semaines dans le voisinage. Après leur passage, tout fut différent. Le temps se refroidit. Maintes fois, pour nous réchauffer après une baignade, nous dûment nous vêtir des vieux manteaux d'hiver qui restaient suspendus à un clou près de la porte dans le chalet. Même les vaches réagissaient à une espèce de tension dans l'air, comme avant l'orage. Ce n'était pas la foudre qui avait frappé. C'était bien pire. Quelques jours avant la fin des vacances, la grand-mère d'à côté, prise d'un malaise, fut conduite d'urgence à l'hôpital. Elle mourut en chemin d'une crise cardiaque.

Le cercle de protection que Gabrielle avait formé autour de Camille ne suffit pas à empêcher le monde de son enfance de basculer. Quand il apprit le printemps suivant que les bohémiens avaient vendu le terrain, il sut que plus rien ne serait pareil. Le territoire qu'ils avaient exploré ensemble et qui s'était prêté à leurs jeux d'enfants ne serait plus. Par solidarité sans doute un peu, Camille déserta pour de bon le gros pin sur la colline, la plage dorée et la rivière Rouge.

Difficile d'écrire ce matin. La douleur m'indispose. Elle me rappelle que j'atteindrai bientôt la fin de mon parcours. Je me retrouve à la place de mes patients. On croit savoir jusqu'à ce qu'on le vive soi-même. Heureusement qu'on ne traverse pas tout ce que les autres vivent ni de la même manière. Côtoyer la mort de si près pendant des années et m'imaginer immortelle, comment ai-je pu ? Pauvre folle !

Je suis seule. Je suis vieille. En écrivant notre histoire depuis le retour de Camille dans ma vie, j'ai l'impression de commencer à peine à percevoir réellement que c'est dans les yeux des autres qu'on apprend à se connaître. Et quoi de plus important me resterait-il à faire que de me connaître et d'offrir à Camille l'occasion de mieux se découvrir aussi à travers les miens ?

Mais qui a dit que prendre soin de mon âme atténuerait la souffrance ? La douleur s'intensifie, le lâcher prise et la paix s'accroissent, quel étrange paradoxe !

10

Confidences d'Ange-Aimée

Dix jours déjà que Camille demeurait chez mes voisins, partageant ses soirées entre eux et moi. Il y allait d'un film par-ci, d'une conversation par-là, d'une partie d'échecs ou d'une promenade dans le quartier. Ses parents rayonnaient de joie de l'avoir auprès d'eux aussi longtemps. Ça ne s'était pas produit depuis des siècles. Le tri des caisses au grenier achevé, l'heure du départ avait sonné. Presque incroyable ! Personne n'avait vu le temps filer ; et moi, moins que les autres. Je n'avais pas encore tenu ma promesse de m'ouvrir à Camille. En réfléchissant à la meilleure manière de le faire et en me dirigeant vers la porte d'entrée, je tressai mes longs cheveux blancs avant de les enrouler en chignon, unique fantaisie féminine que je m'étais permise toutes ces années. Me coiffer était un geste si machinal, qu'il ne requérait plus l'aide d'un miroir depuis belle lurette. Je me sentais tiraillée entre deux désirs : l'inviter seul et respecter ma parole, ou les recevoir tous les trois et finir en beauté. Je me voyais mal priver ses parents de cette dernière soirée. J'optai pour le repas à quatre, en faisant confiance que ce qui devait arriver, arriverait. Mes amis savaient combien j'appréhendais leur déménagement et comprenaient mon souhait de créer le plus possible des occasions de rassemblement ; ils acceptèrent avec enthousiasme. Par contre, Françoise insista pour que ce soit chez elle.

Après le souper, Émile proposa d'aller marcher tous ensemble. Au retour, Camille me raccompagna chez moi. Je l'invitai à boire une tasse de thé, curieuse de voir s'il me rappellerait ma promesse. Tandis que je l'observais préparer le liquide réconfortant, je remarquai qu'il paraissait soucieux. Quand je lui demandai si tout allait comme il le voulait, il se méprit sur le sens de ma question et répondit qu'il en avait encore pour quelques secondes. Je passai au salon. Dès qu'il y mit les pieds à son tour, je sus qu'il n'avait pas oublié.

Pour lui prouver que je n'avais pas oublié non plus et que je ne me défilerais pas, je me retournai et saisis une enveloppe sur le guéridon près de moi. Quand il eut déposé le cabaret sur la table basse devant le canapé, je lui tendis les photos qu'elle contenait de Jean-Marie et moi, un collègue de qui j'étais tombée amoureuse autrefois.

Jean-Marie, médecin lui aussi, s'était joint à notre équipe quelques années avant mon déménagement dans le quartier de Camille. Je travaillais déjà quasiment jour et nuit et comptais peu d'occasions de sortir pour rencontrer du monde. C'était sans doute la raison pour laquelle je n'avais pas d'amoureux. Dans ma jeunesse, la plupart des femmes restaient à la maison avec les enfants ; faire carrière n'était pas la meilleure façon de susciter les demandes en mariage. En tout cas, je préférais croire ça plutôt que de me dire que c'était peut-être mon mètre quatre-vingts qui effrayait les prétendants. En revanche, je demeurais persuadée que ma stature m'avait servi en tant que médecin ; ça donnait du poids à mes diagnostics ! J'évoluais dans un milieu d'hommes. Ce n'était pas simple. Je m'étais habituée à mon sort. Mon métier me passionnait. Dans ce temps-là, on parlait de vocation ; je l'avais sans aucun doute. Puis, Jean-Marie était arrivé. Il adorait sa profession autant que moi. Nous aimions travailler ensemble. Petit à petit, nos rapports s'étaient transformés. Nous tombâmes amoureux, mais il était marié et père de quatre enfants. Contrairement à moi, sa passion pour la médecine ne l'avait pas empêché de fonder une famille. Ça n'allait pas très bien dans son couple et le temps n'arrangeait pas les choses. Notre relation dura quelques années, puis vint la rupture inévitable. Le divorce était perçu différemment à l'époque. Et il était hors de question pour lui de ne plus vivre avec ses enfants. Je le comprenais. De mon côté, je ne me sentais pas fière d'entretenir une liaison avec un homme marié. La situation était sans issue. La peine que ça aurait causée… Je décidai de postuler dans un autre hôpital, celui où je travaillai jusqu'à ma retraite. Je pris la fuite en quelque sorte. Après, je ne mêlai plus jamais le travail et les amours. Trop compliqué. Je mis de côté le dossier amours, ne voyant pas comment réussir la conciliation de ces deux aspects de ma vie. C'était peut-être de la lâcheté. Je me consolais en me répétant que j'avais choisi de mettre mes efforts à me tailler une place dans ce milieu.

— Ça n'a pas dû être facile d'être femme médecin.

— C'est sûr. Durant mes études, pour survivre aux critiques, au harcèlement et à la discrimination, ma devise était : ce qui ne tue pas rend plus fort. J'ai fini par me créer une bonne carapace contre l'étroitesse d'esprit de certains collègues. Des fois, j'aurais tellement voulu que tu deviennes moins sensible toi aussi.

— Mais ça, c'est une autre histoire, n'est-ce pas ? Revenons à la tienne.

— Tu as raison. Excuse-moi. J'ai adoré mon travail et j'ai eu une belle vie. Je ne me plains pas. C'est quand la retraite est arrivée que j'ai ressenti plus fortement la solitude reliée à mon choix. En plus, j'avais tellement retardé le moment de la prendre ! Après, tu sais… pas de mari… pas d'enfants… Voilà ! C'est mon histoire. Elle peut paraître banale, mais c'est la mienne. Elle compte beaucoup pour moi. C'est la seule que je me suis permise. Peut-être que ce soir je me la réapproprie en te la racontant à toi, que j'aime comme un fils. Au fond, c'est toi ma plus belle histoire d'amour, terminai-je, en lui ébouriffant les cheveux. Tu as toujours été un petit rayon de soleil dans ma vie. Cliché, mais vrai. Merci, Camille.

— Moi aussi, je t'aime, me rassura-t-il, ému par mes confidences. Et si on allait se promener bras dessus, bras dessous, en vieux amis que nous sommes.

— À une condition.

— Encore !

— À notre retour, tu me dis ce qui te donnait cet air songeur à ton arrivée.

11

Confidences de Camille

Après nous être promenés un bon moment en silence, comme jadis quand nous partions en randonnée pour observer les oiseaux, nous revînmes à la maison, prêts à entamer de nouvelles confidences. Je l'invitai à s'asseoir et à m'expliquer ce qui l'inquiétait. Il voulut me rassurer en mettant sur le compte du tri de se sentir ainsi remué par la relecture de vieux textes. Des journaux, des réflexions, des questionnements, des trucs sur les mots, l'écriture et les êtres humains, qui lui donnaient l'impression de tourner en rond.

Je l'interrogeai sur ce qui le tracassait au point de lui faire croire qu'il ne comprenait plus rien à la race humaine ni à lui-même, par la même occasion. C'était la jeune femme dont il m'avait parlé le premier soir de nos retrouvailles, précisa-t-il. Sa dernière cliente, celle qui l'avait consulté quelques mois plus tôt. Avant de la rencontrer, il avait rêvé plus d'une fois qu'il ne parvenait pas à ouvrir les yeux. La veille, ce rêve était revenu. Il s'était réveillé dans un même état : incapable d'y voir clair. Une sorte de prémonition. Tant qu'il avait pu s'accrocher à un minimum de sens, dans son aventure de marchand de reflets, il s'était convaincu qu'il allait bien réussir à saisir la signification de tout cela.

— Mais là…, finit-il par laisser tomber sans terminer sa phrase, comme s'il s'agissait d'une évidence.

— Là quoi?

— J'ai toujours cru que rien n'arrive pour rien. Tu le sais. Mais que ça mène à cette femme, ça ne rime à rien.

— Qu'est-ce que tu entends par là?

— La tâche m'est apparue, m'apparaît trop lourde. Trop, tout court. Absurde. C'est comme si son âme l'avait désertée… J'ai beau me répéter qu'elle n'est pas venue dans ma vie sans raison, je ne vois pas… Je ne vois vraiment pas. Pire, je ne suis même plus certain de vouloir le savoir!

— Ça t'affecte beaucoup.

— Je me sens triste pour elle…

— On dirait que tu te sens également responsable, même un peu coupable. Pourquoi? Tu crois que tu y pouvais quelque chose?

— C'est surtout que tout s'embrouille dans ma tête. Je ne me reconnais pas. Je n'arrive plus à compatir! Qu'est-ce que je fous dans cette histoire de marchand de reflets? En relisant des pages que j'ai écrites, je ne sais plus si j'avance ou si je recule. Peut-être que je cherche trop.

Je lui avouai que je l'avais souvent pensé. Cette fois, par contre, je sentais que quelque chose obstruait sa vision. Je l'invitai à m'en parler aussi longuement qu'il en aurait besoin pour s'éclairer. Je n'étais pas pressée. Avec le temps, j'avais mûri et j'étais sortie de toute forme d'urgence. Du moins, j'aimais à le croire. Évidemment, la retraite avait facilité les choses; veux, veux pas, j'avais dû réviser mes priorités. En outre, ça me procurait autant de bien qu'à lui. Peut-être même plus. Ça me permettait de comprendre des trucs, de les voir autrement.

— Je réalise que j'ai préféré croire que celui de nous deux qui pouvait sauver des vies, c'était moi. C'était plus commode comme ça. Moins de questions. Tu comprends ? En fait, je me trompais. Tu peux le faire aussi, à ta manière, avec des mots. Tes reflets ont un pouvoir thérapeutique. Le sais-tu ?

— Tu n'es pas la première à le dire, mais…

— Il n'y a pas de mais qui tienne. Ce n'est pas rien ! La différence, c'est que tu es seul à te débattre avec tes doutes. Moi, je veux dire, les médecins, nous apprenons à ne pas mettre en doute nos diagnostics, à croire que nous possédons une sorte de toute-puissance. Aussi bien les patients qui remettent leur vie entre nos mains que nous, à qui on a martelé cette idée jusqu'à ce qu'elle se grave dans nos crânes.

— C'est gentil d'essayer de m'encourager. Ce soir, je ne suis plus sûr que ce que je fais soit utile… Tu crois vraiment que c'est un talent ?

— Je le crois.

— Peut-être… Tu as peut-être raison. En tout cas, ce qui est certain, c'est que je continue à penser que les mots sont notre liberté.

— Les mots ? Notre liberté ?

— Pas n'importe lesquels. Enfin, oui, tous les mots, mais pas de n'importe où…

— Arrête un peu. Je ne te suis plus. Reprends depuis le début.

L'apprivoisement d'un don

Je m'appliquai à bien saisir les paroles de Camille, persuadée que ce qu'il allait me dire m'aiderait à voir comment il était devenu marchand de reflets. Depuis le premier soir de nos retrouvailles, je souhaitais comprendre son drôle de métier, que je découvrais petit à petit et qui me fascinait. Cette fois, je ne pouvais recourir aux analogies entre la médecine et l'écriture pour cerner la particularité de son talent. L'écouter exigeait mon entière attention. Il m'exposa des concepts auxquels je n'avais jamais réfléchi, même s'il m'avait déjà parlé de certains d'entre eux au fil du temps.

Lorsqu'il mettait ses pensées sur papier, m'expliqua-t-il, il devait écrire à partir d'un espace aimant. S'il réussissait à le faire, ses mots se montraient justes et vrais. Il ne comprenait pas qu'on puisse prétendre que seuls les gestes comptent. Lui, croyait à l'harmonie entre les paroles et les gestes. Les mots, dits ou écrits, représentaient sa façon d'être en lien avec le monde… Je répétai ces derniers mots, incertaine d'en saisir véritablement le sens. Camille, sans s'apercevoir que je me contentais de reprendre ce qu'il venait de formuler, ajouta qu'il avait besoin de ce lien, avec lui et avec les autres. Il me reparla de ces ateliers d'écriture qu'il avait suivis autrefois et qui, faisant écho au jeu des mots qu'il jouait avec moi enfant, avaient eu tant de résonance pour lui. Se joindre à d'autres personnes animées d'une même passion pour l'écriture l'avait rendu très heureux. L'animateur insistait sur l'importance de créer ensemble un environnement propice et sûr permettant une expression sans censure. Malheureusement, plusieurs préféraient maintenir une distance entre eux et leur écriture. Camille connaissait le pouvoir des mots de provoquer des blessures ; il avait maintes fois observé la douleur qu'ils avaient inscrite chez des participants. Mais il n'imaginait pas qu'ils seraient si nombreux à refuser les outils proposés et à rester dans la souffrance. Cette résistance émoussa son plaisir à assister à ces ateliers. Il manquait de détachement et crut qu'en s'éloignant de ce qui causait son désarroi, il éliminerait son malaise. Il cessa d'y aller sans se rendre compte que cela avait atteint sa soif de découvrir les autres, leur vie, leur passion, leur bonheur. Il se referma sur lui-même. Après, il continua à écrire pour nommer ce qui le traversait, le construisait, le détruisait ou le renouvelait, mais il se borna à écrire seul.

Adolescent, il avait découvert la musique de Vangelis. Il l'entendait chaque fois avec émotion, car elle détenait le pouvoir de le ramener à lui-même. L'écriture lui faisait le même effet. Il s'abandonnait au processus de création, confiant que les mots justes se pointeraient. Jamais il n'aurait supposé cependant que son écriture servirait un jour à en faire autant pour quelqu'un d'autre. Pourtant, en voulant suivre les signes de la vie, il s'était retrouvé à offrir des portraits.

— Si seulement j'arrivais à m'abandonner aussi facilement à la vie qu'à l'acte d'écrire ! Quand je ne parviens plus à déchiffrer les signes, ma tête s'affole.

— On pourrait dire qu'elle s'affole drôlement depuis la venue de cette femme dans ta vie.

— Tu as raison. Quand j'ai commencé à écrire des reflets, je me suis senti redevenir plus vivant. Jusqu'à cette femme… D'habitude, lorsque je rencontre un client, je me mets à l'écoute de qui il est. Et là, les perceptions logées dans mon corps émergent une à une en mots. Je m'applique à regarder, à écouter, à sentir et à toucher en mots… Tous mes sens y participent.

Au début, pour se donner confiance, poursuivit Camille, il éprouva le besoin de poser plein de questions à ses clients pour leur prouver qu'il n'inventait rien. Quand un reflet ne paraissait pas suffisamment ressemblant aux yeux des propriétaires, il se permettait des correctifs pour les remodeler à leur convenance. Ça ne lui plaisait pas, et il dut admettre à la longue que c'était aussi pour lui qu'il agissait ainsi. En retouchant ses portraits, il embellissait ce qui lui faisait mal. Dans ces cas-là, le client et lui avaient autant besoin l'un de l'autre. Ouvert à ce que les autres pouvaient lui apprendre, il débroussaillait ce qui faisait obstacle à ses perceptions. Je le visualisai sans effort à s'interroger après la rencontre de chaque nouveau client. Je revins rapidement à ce qu'il disait pour ne pas perdre le fil. J'étais heureuse de pouvoir suivre le cheminement de Camille en présence de l'acte d'écrire et d'en constater les effets.

Encouragé par son souhait de saisir chaque occasion d'évoluer, et par le succès de certains de ses reflets, Camille reprit confiance et s'aventura dans des zones plus personnelles. Plus son intérêt revenait pour ces histoires, plus son enthousiasme croissait. Il devenait audacieux… Oubliait comment les mots, enchevêtrés dans des croyances, pouvaient se muer en geôliers. Plusieurs suspectaient les mots. S'en méfiaient. Camille se demandait pourquoi ils venaient le consulter. Il remarqua que la plupart étaient seuls dans la vie. S'ils ne l'étaient pas, ils recevaient des reflets déformés de leur entourage. Ce qui expliquait leur besoin de recourir aux services d'un inconnu. Il lui arrivait de percevoir si distinctement une personne, qu'elle l'accusait d'embellir son reflet. Ou de le ternir. Caroline et Gabrielle le lui avaient reproché chacune à leur manière. L'une prétendant qu'il était amoureux de l'image qu'il se faisait d'elle, l'autre, qu'il s'attardait trop au potentiel. Il avait malgré tout réussi ces dernières années à se convaincre que sa contribution au monde était de permettre à ceux qui étaient privés de reflets d'en obtenir un.

Il se passionnait de plus en plus pour ce métier ; persuadé qu'aucune personne ne venait vers lui pour rien. À la fois pour la personne et pour lui, liés d'une façon ou d'une autre. Puis cette jeune femme était apparue. Elle ne se connaissait pas et n'avait développé aucun moyen de se découvrir vraiment. Pire encore, elle ne démontrait aucun intérêt à le faire. Elle lui lançait au visage son abdication envers elle-même et Camille ne voyait pas comment effectuer ce portrait. Elle était absente, figée dans une fausse image d'elle-même. On aurait dit une statue de marbre. La désertion de cette femme par rapport à elle-même, ses questions et son attitude le confrontaient. Il ne savait pas comment réagir. Il n'avait qu'une envie : s'enfuir le plus loin possible. Une sorte de panique comme au début de cette aventure. Puis il comprit que c'était aussi de la colère.

— De la colère, Ange-Aimée. De la colère !

— J'ai entendu. Pourquoi éprouver de la colère t'a bouleversé à ce point ?

— Parce que j'avais le goût de la rappeler pour la brasser comme un pommier jusqu'à ce qu'elle se réveille, dit-il comme s'il s'agissait d'une évidence. J'aurais voulu fracasser le marbre à grands coups. Je me sentais impuissant… Ça me mettait en colère. Je ne me reconnaissais plus. Je ne parvenais pas à compatir, à supporter l'inconscience de cette femme. Je la jugeais !

Un voile se levait devant ses yeux. C'était à son tour de ressentir ce que certains clients avaient expérimenté quand il leur redonnait un reflet trop déstabilisant. Il essaya de respirer pour regagner son calme, tel qu'il l'avait recommandé aux autres, sans succès.

— Quel bien ça aurait pu lui apporter que je lui dise ce que je percevais. Tout me paraît faux ! Où se trouve ma vérité à moi ? Je me sens désolé…

Il ferma les yeux et se tut. Je respectai son silence. Nous avions tous deux besoin d'une pause. Quand son regard revint vers moi, il ajouta :

— J'intègre, Ange-Aimée. En tout cas, j'essaie. Ça prend du temps. Je vais finir par devenir l'homme que je suis destiné à être. Marchand de reflets ou pas. Je vais réussir à être plus vrai, plus empathique et bienveillant !

— Cher Camille. Si exigeant envers toi-même. Viens là, l'invitai-je en tapant près de moi sur le canapé. Viens que je te prenne dans mes bras.

Il ne résista pas longtemps à l'invitation. Ce grand gaillard vint se blottir contre moi. Durant les longues minutes de silence qui suivirent, je réfléchis à ce qu'il avait dit. De drôles d'images surgissaient dans mon esprit. Je les lui communiquai dans le but de ramener un peu de légèreté.

— Quand je t'entends dire ces choses, je commence à saisir pourquoi ce foutu métier te déboussole !

— Ce foutu métier !

— Excuse-moi. Je ne voulais pas dire «foutu»… Je m'emporte. J'ai plein d'idées qui me viennent en tête !

— Lesquelles ? demanda-t-il en retrouvant le sourire.

Quand il parlait de femme statue, je voyais clairement que son travail ne se rapprochait pas seulement de celui d'un peintre, mais aussi d'un sculpteur ! Il taillait des portraits. À coups de ciseau, il martelait le marbre jusqu'au cœur de la personne devant lui. Jusqu'à sa vérité. Ses portraits, de petites entailles, permettaient à quelques-uns de retrouver le chemin de leur être.

L'image, bien qu'originale, ne le convainquait pas. La belle affaire, pensait-il, s'il demeurait incapable de retrouver son propre chemin. Portraitiste, sculpteur, ce métier commençait à être compliqué et difficile à cerner. Son aventure l'obligeait à se retrancher dans une ignorance grandissante. Il avait le sentiment de retourner sans cesse à la case départ. Le sentant découragé, je lançai sans trop réfléchir qu'il donnait l'impression de posséder le code du soin de l'âme, même s'il n'existait pas de manuel d'emploi. C'était un don.

— Encore ! De plus en plus étrange !

— D'accord, attends. Je vais trouver autre chose… Tu es… Tu es comme une sorte de poste de radio qui syntonise la souffrance de l'autre. Tu as des petits capteurs de la tête aux pieds. Tu décris ce que tu captes pour aider la personne à mieux se connaître. Voilà. Est-ce que c'est plus clair ?

— Tu as manqué ta spécialisation, tu aurais dû être psychologue.

— Pas bête ! J'aurais pu m'occuper un peu moins de la mécanique du corps, un peu plus de l'esprit qui l'anime. Ça m'aurait donné un meilleur équilibre ! Je vais y songer pour une future vie.

— Moi, la prochaine fois, j'aimerais bien être chanteur d'opéra ! Pour le moment, je vais aller dormir sur ces belles images. De toute façon, ce n'est pas ce soir qu'on va résoudre l'énigme humaine.

— Pas si vite. Avant, j'aimerais te raconter une anecdote qui m'est revenue pendant que tu me parlais. Elle va peut-être t'aider plus que mes images.

Enfant, commençai-je, il lui arrivait d'aller vers quelqu'un et de lui toucher le bras, le dos, le genou ou la joue. Parfois il donnait un bisou. Un jour, alors qu'il allait avoir sept ans, la famille s'était réunie au complet pour célébrer l'anniversaire du grand-père Edmond. La fête avait lieu dans le jardin et nos deux cours n'en faisant qu'une, je fus invitée à me joindre à eux.

À un certain moment, Camille s'approcha de son grand-père et lui caressa la joue en demandant ce qui le rendait triste. Son geste fit presque jaillir les larmes que le vieil homme retenait tant bien que mal. Edmond se reprit et répondit que tout allait bien et de retourner jouer avec ses cousins. Nous connaissions tous la cause de son chagrin : nous célébrions son premier anniversaire depuis la mort de sa femme, grand-mère Giselle, Gigi. Chacun s'évertuait à le lui faire oublier. Sauf Camille. Ce n'était pas d'aujourd'hui qu'il était à l'écoute des autres. En fin de compte, être marchand de reflets avait peut-être plus de sens qu'il n'y paraissait.

Camille me remercia de lui rappeler cette anecdote, puis m'embrassa sur les yeux pour avoir vu et retenu ces souvenirs qui lui faisaient du bien. Je m'empressai de lui dire que j'en avais d'autres en réserve et que je les lui raconterais avec plaisir s'il décidait de rester quelques jours de plus. Riant de bon cœur de ma ruse, il répéta qu'il était temps pour lui de partir. Les choses pour ses parents étaient réglées et il rêvait depuis longtemps de visiter le Grand Canyon. Désir qu'il s'expliquait d'ailleurs par son penchant pour ce qui témoignait de notre histoire humaine. Plus que jamais le moment choisi de raviver en lui cet émoi lui semblait venu.

Le sens de son désir de devenir plus transparent, plus empathique et bienveillant que j'avais jugé à ce moment-là comme une folle exigence envers lui-même, s'éclaire.

Combien de fois me suis-je retenue de lui dire « Vas-tu comprendre à la fin ! Les gens ne sont pas comme toi. Vas-tu mûrir un peu et entendre que tu ne peux pas te promener tout nu dans la vie ? C'est mignon pour un enfant, pas pour un homme. Remue-toi, nom de nom ! » J'ai si souvent jugé que les vérités qui lui échappaient étaient de celles que, la plupart du temps, on a tout avantage à taire.

À ma grande surprise, j'expérimente petit à petit la liberté que me procure l'acceptation de ma vulnérabilité au fur et à mesure que s'effondrent un à un les murs de ma forteresse. J'ai mis tant de temps à ne plus me vouloir invincible et à me permettre de goûter à la bienveillance envers moi-même.

*Je me rends compte que le destin de marchand de reflets
est une extension de toutes ces valeurs, la manière de Camille
d'œuvrer dans le monde. Il me l'a dit, mais l'a-t-il réellement
compris ? Ce n'est pas parce qu'on possède un talent qu'on
sait en user avec confiance. Il faudra que je le lui rappelle. La
première chose n'est-elle pas de l'identifier et de savoir que tous
ne le possèdent pas ? Je le sais, moi qui l'ai vu grandir sans le
reconnaître plus que lui.*

*Si seulement j'avais su à l'époque lui dire ce que je perçois de
lui aujourd'hui. J'aurais pu lui confirmer avec plus de conviction
que c'était indubitablement son talent. Ce voyage dans la vie de
Camille me force à admettre qu'il a développé depuis sa naissance
une qualité d'écoute et de présence hors du commun. Plus que
jamais, je constate que ce qui le rend unique, c'est sa façon
d'accueillir l'autre avec son être entier. Son talent à exprimer sa
perception en lui donnant une forme le distingue toutefois plus
encore. Chez lui, ça passe par les mots. Il est un artiste des mots
comme d'autres le sont de l'argile, de la soie, de la gouache, des
notes. Les mots constituent ses matériaux.*

Parallèle entre deux mondes

Après chacune de nos discussions, je ne pouvais m'empêcher de réfléchir à tout ce que Camille m'avait confié. Il m'avait souvent paru désarmé devant les misères des autres, leurs réactions et leurs comportements. D'une certaine façon, j'étais contente de le voir élargir le spectre de ses émotions en y ajoutant la colère face à l'impuissance qui l'atteignait. Cela lui donnerait peut-être la force de réagir et de se protéger un peu. Je l'espérais.

Je fis le lien avec l'impuissance qui m'accablait moi-même en présence d'un patient affligé d'une maladie incurable ou d'un enfant malade. Misère humaine. Confrontée si souvent à cette impuissance, j'avais fini par admettre que ça faisait partie de la vie… de ma vie aussi. J'étais étonnée que la voie des mots amène Camille à vivre une impuissance similaire. Jamais auparavant il ne m'était venu à l'esprit d'établir un parallèle entre l'écriture et la médecine.

Pour la première fois, je percevais sa solitude. Elle n'était ni moins grande ni plus grande que la mienne. Mais je ne parvenais pas à m'expliquer comment je n'avais rien vu. Il s'était confié si souvent à moi dans le passé.

Quel défi d'observer les autres atteindre une limite, surtout quand ce sont ceux qu'on aime ! J'avais vu Camille se poser tant de questions, jusqu'à altérer son enthousiasme. Cette fois, en éprouvant de la colère, il me semblait toucher à la racine la plus creuse. Cette épreuve me parut salutaire. Avec le recul, par analogie, je pouvais faire un parallèle : Camille, un homme qui évoluait dans un monde plus créatif et intuitif, et moi, une femme qui avait évolué dans un monde plus rationnel et intellectuel. Il ne m'avait pas confrontée uniquement avec l'âge, mais en se montrant vulnérable. Au fond, lui et moi avions eu à composer avec la sensibilité et la vulnérabilité. Moi, parce que j'avais choisi de vivre dans un monde d'hommes et lui parce qu'il en est un. Pour survivre dans ce milieu, à l'époque où je travaillais, je ne pouvais me permettre de toucher à ce que ce choix m'avait coûté en solitude et en déni de ma propre vulnérabilité, de peur de m'effondrer. Nous étions tous les deux nés dans le mauvais corps pour trouver la facilité.

Durant ma pratique, j'avais écouté avec attention les maux que me décrivaient mes patients, les détails qui me permettraient de cerner les symptômes et d'établir un bon diagnostic. Certains d'entre eux se déchargeaient de la responsabilité de leur santé et revenaient me consulter, attendant un miracle ou accusant le messager lorsque je devais leur annoncer une mauvaise nouvelle. Camille aussi voyait revenir des clients. Il se débattait dans des eaux troubles semblables. La jeune femme venue le visiter représentait peut-être un cas de « maladie mortelle ».

Camille n'était pas devenu marchand de reflets en quelques jours. Toute sa vie l'y avait mené. Il mit du temps à accepter ce métier dévolu plutôt que choisi, voire cette vocation. Par confusion, il hésitait à répondre totalement à l'appel. Les nombreux liens entre nos deux métiers affermissaient ma conviction de la force thérapeutique de ses reflets. Depuis le récit de son histoire, j'étais déterminée plus que jamais à comprendre comment il s'y prenait.

Malgré ces réflexions, je me couchai plus sereine. J'étais heureuse d'avoir osé lui parler de moi, et de lui. Nos échanges se transformaient lentement. Ils étaient plus authentiques. Je me sentais plus à l'écoute et plus utile. La vie continuait et je craignais moins la venue de l'hiver. Je me promis de peindre au matin un joli chardonneret jaune.

Je me souviens que la sérénité n'avait pas tenu très longtemps. Aujourd'hui encore d'ailleurs. Ces analogies et ces parallèles qui remontent une autre fois à la surface me chavirent l'estomac pour ne pas dire le cœur. Plus je m'applique à comprendre le chemin de Camille, plus le mien se dévoile.

Depuis mon réveil, j'ai les regrets collés au front, comme des sueurs froides. Peut-être que ma nuit agitée y est pour quelque chose. C'est difficile de l'admettre, mais je crois être passée à côté d'une plus grosse partie de ma vie que je veux bien me l'avouer. Où étais-je toutes ces années ?

C'est affolant ! Le bilan de mes relations se résume à pas grand-chose. À commencer par Gustave, mon père. Lorsque je suis entrée à la fac de médecine, je me sentais presque soulagée qu'il ne fût plus parmi nous. Ça suffisait d'avoir mon frère aîné, mon seul et unique, pour me répéter que je me comportais en ingrate en délaissant notre mère en deuil pour une profession qui, de toute façon, ne voulait pas d'une femme. Et ma mère qui se taisait, me laissant seule devant l'adversité.

Et si je m'étais mise moi-même dans cette situation ? Par besoin de protection, n'ai-je pas tenu à l'écart tous ceux qui s'opposaient à mon chemin ? En défendant envers et contre tous ma liberté de choisir le métier que je voulais, n'ai-je pas érigé moi-même les murs de ma prison dorée ?

Suis-je en train de refaire la même bêtise avec la maladie ? Je devrais annoncer mon départ. Me convaincre que mon silence en retarde la concrétisation, c'est si enfantin ! Je me suis protégée toute ma vie ; je n'aurai donc rien appris ?

Est-ce ma fragilité ou le temps passé à scruter la vie de Camille qui me donne des sueurs froides ce matin ? C'est tellement plus facile d'épier l'existence d'un autre. Beaucoup plus commode de croire que Camille avait tort de se montrer confiant et ouvert plutôt que d'admettre ma peur. Je commence enfin à renverser la croyance que Camille est le fragile et moi la forte. J'ai jugé comme une faiblesse sa capacité à se montrer vulnérable et sa volonté d'être en lien avec ouverture et transparence. Je m'imaginais forte alors que j'étais simplement seule. Isolée, à l'abri de mes sentiments et de ceux des autres. Avec mes anciens collègues, ma famille et mes amis, il est trop tard. Qu'en est-il avec mon fils d'adoption ?

C'est dur de retourner si loin en arrière. Puis-je vraiment dire que ça me fait du bien de tout mettre sur papier ? En tout cas, pour l'heure, ça suffit. Demain est un autre jour. J'aurai, j'espère, la force de poursuivre ce récit.

14

Le chemin des mots

Dans les semaines qui suivirent le départ de Camille, mon univers se transforma rapidement. Mon ami rentra chez lui préparer son voyage en Arizona et mes voisins emménagèrent dans leur appartement. La promesse de nous revoir tous me gardait le cœur au chaud. Quant à mon esprit, il y avait amplement de quoi le tenir occupé. Cette fois, je n'avais pas seulement écouté mon ami me raconter son histoire, je l'avais entendu.

Au choix de certains mots, j'avais perçu son hésitation, son doute, sa douleur aussi. Par moment, j'avais eu l'impression d'entendre quelqu'un d'autre que l'enfant que j'avais connu. Camille se laissait guider par la vie, constamment à l'affût d'un signe. Il ne fuyait pas devant une occasion de se connaître mieux. Autrefois, les signes l'éclairaient, ils semblaient désormais l'embrouiller. Le ton du récit ne collait pas totalement avec le personnage. S'interroger sur le comportement humain, soit, mais pas sur les signes de la vie.

En revanche, les mots avaient conservé une importance marquante pour lui. Une passion qui l'habitait toujours.

Des souvenirs remontaient en rafales. J'étais flattée qu'il m'ait reparlé du «jeu des mots» auquel nous jouions en voiture en direction du chalet. Le trajet durait près de deux heures. Camille avait inventé ce jeu pour passer le temps. Je lui lançais des mots et il me disait à quoi cela lui faisait penser. Son cerveau fonctionnait de telle façon qu'il associait librement et aisément un ressenti, une odeur, un aliment, une couleur à un mot.

Peu lui importait de ne pas saisir le sens exact d'un mot. Chaque mot éveillait en lui l'envie de répondre et de s'amuser. Sa préférence : que je lui nomme des personnes que nous connaissions. Françoise lui faisait penser à un nuage floconneux et moelleux, Léo aux céréales Cheerios, Laurie à vert pomme et la liste s'allongeait sans fin. Les mots, les rimes, les rires et les folies nous accompagnaient durant chaque voyage. J'étais heureuse d'apprendre que ce jeu contribuait à sa capacité de s'abandonner en toute liberté dans l'écriture. Je me rappelais que bien avant son entrée à l'école, il s'était intéressé à l'alphabet. À deux ans, il aimait déjà jouer avec une série de lettres magnétiques, aimantées sur la porte du frigo à son intention. Il retenait facilement le son lié à une lettre et établissait des liens avec les mots qui la contenaient.

À la fin de son secondaire, il décida d'étudier en lettres. Je l'y encourageai ; après tout, il ne s'agissait que d'études collégiales. D'ailleurs n'avions-nous pas partagé un goût commun pour les livres depuis sa tendre enfance ? Camille aurait le temps de développer de l'intérêt pour autre chose de plus sérieux le moment venu de choisir sa profession. Inconsciemment, je souhaitais peut-être le voir se diriger dans un domaine que je ne me serais pas permis moi-même. Les arts, à l'inverse de la médecine, donnaient l'occasion de nourrir l'imaginaire et de garder vivantes plus longtemps les forces créatrices de l'émerveillement et la spontanéité de l'enfance. La médecine me passionnait autant que lui, les lettres, et ma pratique m'avait lancé de beaux défis. C'est quand ceux-ci sont loin derrière qu'on songe à ceux qu'on n'a pas relevés.

Je me remémorais avec nostalgie la période collégiale riche en lectures de toutes sortes. Que de belles discussions nous avions eues! Plutôt des monologues. Je l'écoutais en témoin passif. Plus d'une fois, je le vis s'enflammer pour un roman, une vision du monde, sans reconnaître que c'était jusqu'à un certain point déterminant pour l'avenir. Il se mit à écrire ses propres textes, quelquefois des poèmes, qu'il s'empressait de me lire, et qu'il m'offrait à l'occasion. Je devais bien les avoir quelque part. À mon tour de fouiller dans mes boîtes à souvenirs.

Dans une malle en osier, je retrouvai des choses entassées pêle-mêle : photos, cartes d'anniversaire, dessins, lettres et cartes postales de Camille, et ses textes. L'un d'eux, en espagnol, datait de la période où il s'exerçait à apprendre cette langue. Un premier essai qu'il m'avait traduit. Curieux d'en connaître toujours plus sur les autres, de son pays ou d'ailleurs, il croyait que la langue d'un peuple constituait la porte d'entrée vers son fonctionnement et ses rêves. Bien qu'il eût choisi la littérature pour d'autres raisons, je comprenais sa décision de se tourner vers la traduction pour gagner sa vie.

Captivée par toutes ces choses que je revisitais en y mettant un peu d'ordre, je ne vis pas l'après-midi s'écouler. À la brunante, je mis la main sur ce texte particulier que je cherchais. Dans celui-ci, mon ami affirmait la place et le sens des mots dans sa jeune existence. Je pris le temps de relire attentivement ses mots. Déjà ils exprimaient le concept de liberté dont il m'avait parlé à notre dernier souper. J'avais devant moi la preuve que je n'y avais rien compris.

Les mots sont ma liberté : liberté de choisir ceux que je veux plutôt que ceux qu'on me dicte ou qu'on me refuse. Oser avouer que ma quête est celle du mot juste, du mot vrai, sans craindre les occasions où les mots m'échappent et m'échapperont, me glissent entre les doigts, se tordent d'eux-mêmes de me savoir inquiet de ce qu'on en comprendra.

Il y a forcément interprétation. Tenter quand même d'entendre l'autre dans sa vérité au-delà des idées reçues, des croyances et des blessures, et de me dire dans la mienne. Le plus difficile n'est pas de désirer parler ou écrire avec son cœur, mais de reconnaître quand on ne le fait plus.

J'aime les gens. J'aime les mots. J'aime les histoires qu'on peut faire avec les mots. J'aime l'écriture qui renferme les multiples possibles de notre aventure humaine.

J'aime que les mots évoquent mille images, émotions ou pensées. Qu'ils me permettent de voyager seul ou en groupe. Que, grâce à eux, l'histoire humaine ne soit pas sans cesse à réinventer. J'aime la chance qu'ils me donnent de m'amuser avec eux, de découvrir d'innombrables univers, diverses cultures, d'approfondir mes connaissances, de décrire la beauté que j'ai vue, de m'objecter à la violence, de prier. J'aime qu'ils puissent être lus ou chantés, proclamés ou murmurés. Qu'ils évoluent avec nous, qu'ils s'adaptent à nos changements, qu'ils ne craignent pas la différence de l'autre et qu'ils permettent les emprunts de sons, de lettres, de sens. J'aime aussi qu'ils soient anciens et me parlent d'hier.

J'aime qu'ils mettent les faux silences en échec, qu'ils dévoilent les secrets, qu'ils traquent les non-dits. Qu'ils ne s'offusquent pas qu'on les atrophie parfois en les épelant et que, même là, ils ne nous refusent pas leur sens. Les mots sont généreux. Ils s'offrent à tous sans distinction de sexe, de race, de culture ou de religion. Que les êtres humains décident de parler d'amour, aussitôt ils accourent et se renouvellent, s'ouvrent sans cesse à plus grand, se redéfinissent pour s'adapter, être plus vrais et plus justes.

Leurs limites sont celles qu'on leur impose. Ce ne sont pas les mots les coupables mais ceux qui en abusent ou les vident de leur substance. Viendra-t-il le temps où les paroles aussi bien que les gestes seront réinvestis de leur pouvoir d'amour ?

Mon cœur s'affole.

Cette fois-là, ce n'était pas sa tête qui s'affola de ne pas comprendre, plutôt son cœur. En y repensant, je fis le lien que Camille m'avait remis ce texte au moment de choisir un métier. Le choix de la discipline s'avérant plus ardu que celui de l'endroit, il avait longuement réfléchi avant d'annoncer qu'il continuerait en lettres parce que cette discipline contenait toutes les autres, et qu'il allait s'inscrire à l'Université de Sherbrooke.

À mes yeux, l'écriture relevait du passe-temps. Personne ne s'opposa à ce choix, comme s'il s'agissait d'un caprice du petit dernier. J'avais préféré l'interpréter ainsi, me persuadant que je n'étais pas la seule à voir en lui un être privilégié : il recevait l'amour de tous et l'approbation de son choix de se diriger dans les arts. Il ne lui restait qu'à être heureux, puisque nous acceptions de nous charger des choses sérieuses de la vie. Avec une telle perception, comment aurais-je pu saisir ce qu'il éprouvait ? Je n'avais pas prêté plus attention à ce qu'il m'avait confié de sa réalité de jeune homme que je ne le faisais jadis quand nous jouions au jeu des mots. En l'écoutant mieux, j'aurais pu reconnaître que sa passion était liée à son chemin de vie, comme la médecine l'était pour moi… Rien à voir avec un passe-temps !

Je me doutais que l'écriture de ce texte avait influencé le choix de Camille. Après ses récentes confidences, j'étais néanmoins tentée de croire que sa passion pour les mots demeurait subordonnée à son intérêt pour ses semblables.

À la fin de cet été-là, Camille était parti à Sherbrooke. Quelques jours avant son départ, intriguée par cette volonté d'éloignement, je l'interrogeai. Il répondit, moqueur, qu'il avait besoin de couper le cordon ombilical avec cinq mères. Une petite distance allait sûrement l'aider. Je me sentis flattée de faire partie du nombre.

Au début, Camille revenait régulièrement à Montréal, et y cherchait un emploi l'été. Nous avions alors l'occasion de nous revoir et de discuter. Camille se posait beaucoup de questions. Il saisissait déjà mal ce qui poussait certains à tout catégoriser, à hiérarchiser. À son avis, pour peu qu'un écrit comporte de la beauté, de l'amour, que l'écriture soit vivante, qu'elle respire, le fasse respirer, qu'elle le nourrisse, le reste n'avait pas d'importance. «Ce n'est pas la forme qui élève, insistait-il, mais la voix qu'elle porte. À vouloir tout définir indéfiniment, on s'éloigne de l'infini.»

À l'époque, je n'avais pas compris tant que ça son petit plaidoyer, pas le premier ni le dernier d'ailleurs. Chaque fois, je m'étais dit que c'était le propre de la jeunesse de désirer tout redéfinir, que tous passaient par là. J'aurais dû saisir justement puisque j'étais passée par là. Me rappeler qu'au cœur de nos passions se love notre vérité. Camille me parla à maintes occasions d'un de ses professeurs soucieux de les aider à découvrir cette vérité en eux. Il exerça une forte influence sur Camille, car il n'oubliait pas qu'il avait été jeune lui aussi. Je n'avais malheureusement pas cette sagesse. J'écoutais souvent mon ami sans l'entendre et, pendant longtemps, je n'avais quasiment rien fait d'autre. Le soir où il m'avait parlé de sa rupture avec Caroline comptait parmi ces fois où mon écoute avait été en quelque sorte défaillante.

15

Premier chagrin d'amour

Il avait fait la connaissance de Caroline, au début de sa deuxième année d'université, dans un cours complémentaire où les étudiants venaient de diverses disciplines. Caroline étudiait en éducation. Elle était dynamique, avait un sourire ravissant, de grands yeux noisette et une magnifique chevelure rousse. Elle aimait la vie en plein air, la danse et Camille.

Très rapidement, ils décidèrent de cohabiter pour réduire les frais d'hébergement. Durant les vacances de Noël, il me la présenta. En entrant, il me murmura à l'oreille qu'il espérait vivre un bon bout de chemin avec elle. Elle était très belle, et j'étais heureuse de les savoir amoureux.

Je ne sus pas grand-chose de cet épisode de sa vie. Il partageait son temps entre sa dulcinée, ses études et son travail. Je leur souhaitai tout le bonheur du monde. Malheureusement, pas plus que le cercle de protection que Gabrielle avait tracé autrefois autour de lui, mes vœux ne suffirent : leur union dura à peine trois ans. Après leur baccalauréat, Caroline postula pour un emploi dans une école primaire dans la région de l'Estrie tandis que Camille entreprit un certificat en traduction. Il apprit que plusieurs étudiants prévoyaient se rendre en Outaouais où les postes et les contrats dans le domaine abondaient. Il alla y tenter sa chance. Caroline demeura dans l'Estrie.

Le Noël suivant leur séparation, il me rendit visite. Contrairement à son habitude, il but plusieurs verres de vin avant de se mettre à parler, comme s'il voulait noyer sa peine. Plus les heures passaient plus l'effet de l'alcool sur lui augmentait ma difficulté à le suivre.

Selon ses dires, Caroline prétendait qu'ils vivaient dans deux réalités. Elle était partie persuadée que ça ne fonctionnerait jamais entre eux parce qu'ils différaient trop et ne partageaient pas les mêmes valeurs. «Des valeurs… Quelles valeurs?» répétait-il en débouchant une autre bouteille. Je ne l'avais jamais vu boire autant.

— Je n'imaginais pas ça comme ça…

— Quoi donc?

— Une relation amoureuse… Je n'aurais jamais cru que nous nous séparerions aussi vite. Il aurait fallu… tu sais… dire les vraies choses… C'est important! Caroline ne croyait pas à la générosité des gens. Elle essayait de me convaincre que dans toute relation c'est du donnant, donnant et cherchait le prix derrière chacun de mes gestes envers elle. Tu penses aussi que personne ne fait rien gratuitement?

— Je n'irais pas jusque-là, mais…

Sans attendre la fin de ma réponse, il poursuivit en disant qu'elle le trouvait trop confiant, à la recherche de l'amour idéal, et que ça lui tapait sur les nerfs. Qu'il aimait l'image qu'il se faisait d'elle, alors qu'elle voulait être acceptée telle qu'elle était. Elle le traitait d'idéaliste, de romantique et s'il essayait de lui exprimer son point de vue, ça empirait les choses.

— Quand je veux pour deux, tout s'emmêle…

— Tu ne serais pas un peu mêlé ce soir, osai-je doucement, le voyant s'enliser de plus en plus dans un questionnement sans fin.

Sans tenir compte de mon commentaire, il ajouta qu'il ne devait surtout pas lui demander comment elle se sentait, comme autrefois Léo, son ami d'enfance. Même s'il voyait qu'elle avait de la peine. Le pire, c'était quand elle se mettait en colère, pour un oui, pour un non, oubliant souvent ce qui l'avait provoquée. Elle s'en prenait à l'aspirateur, à la porte, à Camille, à n'importe quoi qui lui tombait sous la main.

— Tu te souviens combien je ne comprenais pas les colères de ma sœur Laurie quand nous étions enfants ? Même que des fois, je me retenais pour ne pas en rire.

—Je me rappelle surtout que ça la mettait dans tous ses états.

C'était pareil avec Caroline. Elle hurlait qu'il ne la prenait pas au sérieux. Il l'écoutait pourtant avec attention, mais ça ne donnait rien. Un jour, elle lui avait crié qu'il ne prenait pas sa colère au sérieux. Camille ne comprenait pas. Il espérait qu'elle finirait par savoir ce qui déclenchait en elle ces émotions et qu'elle pourrait enfin le lui dire. Elle le traitait de monsieur parfait, et dans sa bouche ça sonnait comme la pire des insultes. Elle lui interdisait de lui adresser la parole quand elle fulminait.

— Ce n'est pas le meilleur moment de parler quand on est envahi par ses émotions, osai-je encore l'interrompre.

—Je le sais. Je ne lui demandais pas de me parler sur le coup non plus… mais après, une fois calmée. Je ne suis pas si bête ! Elle, elle faisait comme si de rien n'était. Quand elle était furieuse, elle était furieuse, point à la ligne. Elle n'avait pas envie de chercher quoi que ce soit… Elle souffrait pourtant et se refermait un peu plus chaque fois.

J'étais touchée par sa peine. Mais plus les heures passaient, plus il ingurgitait de l'alcool, plus je l'écoutais avec réserve. «Il est soûl ou Caroline a raison, il est devenu un peu trop idéaliste, songeai-je, en gardant pour moi ces pensées. Il se pose tellement de questions, toujours et encore!» Lorsqu'il était enfant, je trouvais ce trait de lui attachant. Je me disais qu'une partie de lui vivait dans une autre dimension, resté perché dans son saule et flottant au-dessus de la réalité. Peut-être planait-il effectivement dans une autre dimension. J'étais sur le point de l'inviter à aller se coucher quand il reprit de plus belle.

— On ne réussissait pas à communiquer. C'est si important de pouvoir se parler librement… de façon authentique! Plus j'essayais de lui tendre la main, plus elle la mordait. Je me suis tu, mais ça me rendait malheureux… Pour moi, le silence, ça ressemble plus à un désengagement… Elle refusait de voir en moi un ami. Caroline et moi, on s'est quittés plus étrangers que jamais… Alors, ma très chère amie Ange-Aimée, ce soir je bois à l'amitié! Il n'y a que ça de vrai! Pas vrai? conclut-il, en levant son énième verre. À l'amitié! À l'amitié! À l'amitié! répétait-il comme pour mieux s'en convaincre.

Prendre le risque d'une parole authentique? Je n'avais même pas réussi à lui faire la remarque qu'il était ivre et lui suggérer d'aller au lit. Je n'eus pas à le faire, il tomba endormi sur le canapé. Après l'avoir emmitouflé dans une couverture, je téléphonai à Françoise pour l'avertir que son fils passerait la nuit chez moi. La preuve que les vieilles habitudes ne se perdaient pas si facilement.

Tous ces souvenirs me font prendre conscience que cette conversation, l'une des dernières que nous ayons eues pendant longtemps, portait en fin de compte sur l'amitié. Camille mettait l'amitié au-dessus de tout. Comme bien d'autres, j'avais aspiré à une pureté de sentiment et à une authenticité dans mes relations. Je chérissais cette pensée et l'avais même nourrie chez Camille en plaçant sur sa route des lectures qui l'encourageaient sans lui avouer cependant que je n'y croyais pas ou plus forcément.

La retenue et la passivité, que j'ai démontrées dans nos échanges, ont fini par installer entre nous une forme de distance tranquille. Ces souvenirs, dont plusieurs remontent à son enfance, et nos conversations, sont en quelque sorte les pierres blanches sur le chemin qui me ramène à mon jeune ami.

Trop d'années j'ai failli en tant qu'amie. Pas lui. Il m'a confrontée, m'a posé des questions malgré mes dérobades. J'ai refusé de le traiter d'égal à égal, me jugeant plus expérimentée. Du haut de ses quatre, de ses dix, de ses vingt ans, Camille m'a offert de nombreuses occasions de lui ouvrir mon cœur, de lui exprimer le fond de ma pensée. Je les ai gaspillées.

Camille m'invitait dans une sorte d'univers parallèle, une bulle géante à l'intérieur de laquelle il n'existait aucune nécessité de camoufler ma vulnérabilité. Le seul hic, telle une bulle de savon, elle pouvait éclater n'importe quand. Le choc entre les deux mondes me terrifiait. J'aurais voulu, autrefois, qu'il s'endurcisse et ne réagisse pas aussi fortement à la bêtise humaine. Chez une fille, on aurait parlé d'hypersensibilité, chez un garçon, ça devenait carrément de la sensiblerie ! Sa vulnérabilité m'irritait ; me reflétant à quel point je sacrifiais la mienne pour mon métier.

L'ai-je encouragé dans un sens ou dans l'autre d'une quelconque façon pour vivre par lui une part refoulée de ma propre vie ? Pendant longtemps, j'ai préféré croire que je n'exerçais pas d'influence sur ceux que je côtoie. C'était plus commode. Camille, lui, se sent responsable de chaque lien qu'il crée. Cette loyauté se traduit par un engagement indéfectible de son être entier. Je suis désolée de n'avoir rien saisi de tout cela avant. Seulement maintenant je réalise que c'est la qualité de son amour d'âme à âme qui m'a désorientée dès le début.

16

Début de l'éloignement

Après ces fameuses vacances de Noël, Camille était retourné en Outaouais. Ses visites à Montréal se réduisirent à venir pour des réunions familiales. À l'occasion, Camille faisait un saut chez moi pour me saluer, mais l'époque des longues soirées à discuter était révolue. Je m'étais expliqué la chose à ma manière : devenu un homme, il avait sa propre vie à vivre.

En fouillant de nouveau dans ma malle, je tombai sur un texte qui annonçait déjà, me sembla-t-il, la rupture des deux tourtereaux.

> Quand je parle d'amour, d'amitié, ils ne savent qu'en exiger des preuves. Ils disent « Aime-nous tels que nous sommes », même lorsqu'ils ne sont pas aimables. Je veux les aimer au-delà des peurs et des blessures qui les rendent cruels et maussades.

> J'ai tenté de les convaincre qu'il n'existait pas d'autres chemins. J'ai oublié que cela s'avère

parfois le plus sûr moyen de tout détruire, et l'amour et l'amitié. Ce soir, j'accepte que les autres optent pour l'obscurité. Je respecte leur choix. Et ce soir, je les aime presque tout autant.

Les derniers mots résonnaient autrement à mes oreilles. J'y entendais une abdication plutôt qu'une acceptation. De toute évidence, mon ami avait le cœur déçu au moment d'écrire ce texte. Sensible à l'histoire des autres, il ne souhaitait pas les aimer presque autant. Ça sonnait comme le clairon à la fin d'une bataille perdue. Camille croyait au pouvoir des mots d'unir les êtres plutôt que de les diviser. Je cernai mieux un pan important de sa réalité : son découragement, sa tristesse, quand on dénigre les mots, qu'on s'en méfie ou qu'on prétend pouvoir s'en passer.

Reprendre le récit depuis le début de nos retrouvailles me permet de revoir les motifs de notre éloignement. Il coïncide pour ainsi dire à l'arrivée de Camille dans le monde actif des adultes tandis que je m'apprêtais à le quitter, à regret.

Au regard de ce que j'en comprends à présent, mon manque d'accueil de qui il était explique la distance entre nous et qu'il ait fini par délaisser aussi notre correspondance.

Son désir d'ouverture et de transparence s'éclaircit. Je constate avec tristesse que ce désir a éloigné de lui d'autres personnes qu'il aimait. Pour des raisons autres que les miennes, pour d'autres exigences, il s'est retrouvé aussi seul que moi. Mais très honnêtement, si j'avais pu saisir tout ça autrefois, aurais-je accepté de suivre son exemple ?

À l'époque, notre éloignement ne me paraissait-il pas inconsciemment souhaitable pour moi ? Aurais-je survécu au bouleversement de mes croyances, un remue-ménage de mes convictions ? Une part de moi le refusait. Aurais-je été capable de ne pas m'opposer, même en silence, à sa vision du monde ? Moi, pour qui se bâtir une carapace représentait une nécessité dans le monde tel qu'il est ? Moi qui le jugeais de ne pas admettre une fois pour toutes cette vision et d'en souhaiter une autre, pire, de la vivre !

Mais pourquoi le monde serait-il tel que je pense qu'il est plutôt que ce que Camille pense qu'il est? Je lui ai refusé longtemps cette liberté alors que j'avais moi-même exigé qu'on me l'accorde pour mon choix de carrière. Je rougis dans ce cahier rouge de mon aveuglement!

Camille est comme il est, avec ses doutes, ses questionnements, ses désirs et ses regrets. Maintenant, je comprends mieux son choix. Était-ce réellement un choix? Puisque j'adhérais à la pensée que personne n'avait véritablement le choix, pourquoi me suis-je persuadée qu'il avait le choix et pas nous? Autre paradoxe.

Longtemps, j'ai remis en question sa vision sans lui permettre d'en faire autant de la mienne.

17

Voyage en Arizona

La décision de Camille de partir en Arizona réveilla en moi un léger désir d'aventure. Depuis plusieurs saisons, je délaissais mon chalet, mon havre de paix. N'y allant plus régulièrement, je le louais pour qu'il abrite de la vie. Quand il n'y avait pas preneur, le fils du cultivateur s'en occupait. Je m'efforçais de ne pas m'interroger sur les motifs de mon abandon progressif. Je n'aurais pas à creuser longtemps pour trouver mes regrets de voir le temps raidir mon pas et courber mon échine. Emportée dans l'action effrénée de ma vie, j'avais bêtement remis aux calendes grecques de me préparer à vieillir. Mes voisins à peu près de mon âge m'obligèrent les premiers à faire face à cette réalité en quittant leur maison. Je me rendis dans les Laurentides afin de tromper mon ennui et de me dépayser à mon tour. J'apportai mes toiles et mes pinceaux.

J'y vécus une rafraîchissante escapade, pleine de couleurs et de bonnes odeurs d'automne. Cependant la fin de mes petits voyages au chalet arrivait à grands pas : le trajet me parut trop long et l'endroit trop isolé pour y retourner seule.

Mes jumelles restées dans mes bagages durant tout mon séjour me le confirmaient. Je n'eus même pas la force d'aller dans les bois observer les oiseaux.

À mon retour, une joie contrebalança ma déconvenue : je découvris une enveloppe épaisse dans ma boîte aux lettres. J'y reconnus l'écriture de Camille. La première lettre qu'il m'envoyait depuis le début de son voyage. Il n'écrivait pas souvent, mais quand il le faisait, ça valait le coup. Sa lettre ressemblait à un journal. Je reconnus sa générosité : son monde intérieur offert sur un plateau d'argent. Une fenêtre ouverte sur son univers.

> Chère Ange-Aimée,
> Quelle aventure la vie ! Aussi loin que l'on aille,
> on demeure sous le même ciel et les messages
> qui nous sont destinés y sont inscrits. Il suffit
> parfois de lever les yeux. C'est si bon de pouvoir
> partager avec quelqu'un la beauté qui m'im-
> prègne. Je t'écris dès maintenant. Je ne peux
> me résoudre à attendre jusqu'à notre prochaine
> rencontre. De cette façon, tu voyages un peu
> avec moi.

> *Le 13 octobre*
> Grand Canyon, Arizona

> Au sommet de ces rochers sans âge, j'implore
> les anciens, les esprits et les dieux de me révéler
> ma raison d'être sur terre. Le temps prend en cet
> endroit une si étrange définition. Je ne sais plus
> à quelle époque j'appartiens. Immobile sur ma
> roche, j'observe les touristes qui vont et viennent

autour de moi. Me découvrant libre, quelques-uns me demandent de les prendre en photo. En peu de temps, plusieurs attendent en file que j'immortalise leur passage en ces lieux magiques. L'expérience me fait rire. Cela me plaît. J'oublie mes grandes interrogations. Assis au sommet de cette merveille du monde, je vois défiler des gens de partout et de tous les âges. Je m'imagine que c'est peut-être avec l'un d'entre eux que j'ai rendez-vous. Ils sont si nombreux à me demander de prendre leur portrait que je finis par me convaincre que c'est peut-être la seule chose que j'aie à faire. La plupart ne parlent pas une langue que je maîtrise. Nous convenons de tout sans paroles. Je parviens malgré cela à leur signifier que je ne connais rien aux appareils photo. Ils opinent de la tête en me souriant et me présentent leur appareil déjà réglé. Je n'ai plus qu'à appuyer sur un bouton.

Après des heures passées à photographier les touristes, je décide de me retirer à un point d'observation moins achalandé. Je me réinstalle en invoquant une autre fois les anciens, les esprits et les dieux. La magnificence du paysage me libère de moi. Je me contente d'admirer les reflets d'ombre et de lumière que le soleil couchant déploie sur les vieux rochers. Je me nourris de cette beauté. Je reste là jusqu'à ce que l'obscurité vienne m'envelopper. Je quitte les lieux, délivré de l'attente d'un rendez-vous.

Le 16 octobre
Je me déplace vers l'Utah. La route m'offre des panoramas inoubliables. Par moments, le paysage est si grandiose que je sens presque mon cœur s'envoler.

Le 18 octobre
Je m'arrête dans le parc Zion. Contrairement au Grand Canyon, les installations d'hébergement sont situées en bas. Il faut descendre et descendre encore. La route sinueuse fait oublier son côté inhospitalier en offrant une vue incomparable. Je me retrouve aux pieds de ces mastodontes de pierre. J'étouffe quasiment d'être ainsi entouré. L'obscurité transforme les montagnes en néant inquiétant. Même l'étonnement et le ravissement peuvent passer. On s'habitue à tout, ou plutôt on s'éteint pour un rien.

Certains disent que les voyages sont l'occasion de se mesurer à soi-même. Je n'ai aucune autre véritable occupation que de me gaver de la beauté de notre planète.

Le 19 octobre
Je reprends la route. Je n'ose plus photographier quoi que ce soit tant ce que je vois dépasse les cadres trop étroits de l'objectif. D'autres avant moi, bien plus doués et mieux équipés, ont réussi à capter cette beauté en images.

Le 21 octobre

Nouvelle escale. Je marche beaucoup. Je marche sans but, sans m'arrêter ou si peu. Je découvre une petite rivière. J'entends d'abord son murmure, puis de façon de plus en plus insistante, une voix se mêle à son chant et m'invite à écrire, à faire confiance à mon cœur. J'ai envie de répondre que mon cœur est essoufflé. Je m'approche plus près du rivage. Alors que je peux presque apercevoir mon reflet dans son eau claire, j'entends le son aigu d'une flûte. Ça vient de l'autre rive. Je cherche celui ou celle qui sait si bien me ravir. Je me déplace, guidé par les sons. La rivière s'élargit et me refuse l'accès à la berge. Les notes s'intensifient, prennent de l'ampleur. La flûte chante à tue-tête sous un petit pont. Les sons résonnent jusqu'à ce que le soleil descende à l'horizon. Pas plus que le joueur de flûte, je ne peux me résoudre à quitter les lieux. À mesure que la pénombre s'installe, les notes se taisent. Trop tard pour capter mon reflet dans l'eau de la rivière. Demain matin, je reprends la route.

Le 23 octobre

D'aucuns prétendent que les voyages sont l'occasion de se mesurer à l'inconnu, de se dépayser et de pouvoir se libérer du connu pour obtenir une vision nouvelle. Pourtant, ici tout me ramène au familier. Je vois des écureuils, des oiseaux, des daims. Aucun couguar ni serpent. Je suis allé à leur rencontre, ils ne se sont pas montrés. Seuls des éléments connus sollicitent mon attention. Le paysage diffère, mais les humains sont pareils. Ils sont plus riches, ils sont plus pauvres. Ils sont les mêmes. Certains sont plus réservés, d'autres plus audacieux. Certains sont souriants, d'autres farouches. Certains voient la montagne, d'autres pas. Certains la contemplent, d'autres la gravissent. Certains tempêtent, d'autres s'isolent. Certains accueillent, d'autres jugent. Certains voyagent, d'autres pas.

Le 26 octobre
Des milliers de kilomètres pour venir photographier de parfaits inconnus et leur offrir un reflet malhabile, moi qui ne connais rien à la photographie.

Je reviens avec le chant d'une rivière qui m'a rappelé de faire confiance à mon cœur. Quant à mon reflet, il s'est égaré dans les notes d'une flûte enchantée.

À très bientôt,
Camille

Ça faisait longtemps que j'avais reçu une lettre de mon ami. La dernière datait d'avant nos retrouvailles. Avoir de ses nouvelles me remplissait de joie, plus encore qu'il soit à nouveau dans ma vie. Son voyage n'était pas inutile. Camille ne saisissait pas d'emblée ce qu'il lui apportait. Sa lettre révélait toutefois que quelque chose s'était produit : j'en reconnaissais le ton. Camille revenait tranquillement à lui. Ce voyage l'invitait à poursuivre son étrange destinée de marchand de reflets. Pour ma part, je prenais plaisir à me remémorer ces moments de vie que nous avions connus ensemble, les plus récents comme les plus anciens. Ma mémoire recréait les souvenirs et les liens avec de plus en plus de facilité.

J'appris dans une carte postale son retour au pays. Et même s'il ne revint pas me visiter à Montréal, nous gardions contact. Les mois passaient. Tantôt il m'écrivait, tantôt je lui téléphonais. Rarement l'inverse. C'était bien ainsi, à chacun ses moyens.

Je me suis réveillée bouleversée, emplie d'une fatigue et d'une tristesse. J'ai presque envie d'abandonner. La peur au ventre. La confusion dans ma tête et mon cœur. Je sais que la relecture de ce que j'ai écrit jusqu'à maintenant ouvre cet espace. Ai-je tout dit ? Ai-je trop dit ? Devrais-je brûler ce cahier avant de m'éteindre ? Pourrait-il embrouiller Camille au lieu de l'aider en alourdissant son esprit de mon histoire ? Je demande de l'aide. De recevoir un signe clair pour m'indiquer si je dois poursuivre dans cette direction ou pas. Je me lève pour préparer du thé. J'aperçois par la fenêtre un cardinal, rouge. Tellement rouge, et flamboyant. Il s'installe un bon moment dans l'érable de la cour. Il reste là. Des larmes jaillissent. Je suis émue. Le cardinal est le premier oiseau qui m'a donné envie d'en connaître davantage sur ces animaux à plume. Récemment, quand l'un d'eux me visite, je deviens plus attentive aux signes de la journée pour ne pas les laisser m'échapper.

La femelle arrive. Elle vient battre des ailes devant la fenêtre. Elle reste là à voler sur place. Le mâle d'un rouge vif la rejoint et me ramène immédiatement au rêve de la nuit dernière, dans lequel j'apercevais mon cahier. J'y écrivais à vive allure, le ventre en feu. L'écriture ouvre en moi une porte close depuis des lustres.

Intriguée par l'insistance de ce couple, je cherche sur Internet la symbolique du cardinal. « L'oiseau cardinal a souvent été associé à la réception d'un message d'un guide. Si vous voyez à plusieurs reprises des cardinaux, cela pourrait vous rappeler de rester fort et confiant dans le chemin sur lequel vous marchez. »

Restez fort et confiant dans le chemin sur lequel vous marchez...

J'aime à présent les signes que la vie me donne. Elle est ainsi faite qu'elle me laisse le soin de les voir et de les suivre. J'aime écouter la vie. Pourquoi ai-je croisé Camille trop tôt ? À une époque où j'avais l'esprit encombré de mes croyances ?

Je ne peux échapper à ce qui m'habite. Je devais écrire à ma manière cette histoire pour boucler la boucle. Je ne savais pas à qui elle s'adressait. À moi, à lui ? Je prends aujourd'hui le risque de raconter ce qui en a forgé le parcours. Mes expériences d'autrefois avaient atteint ma confiance dans le partage de mon univers ; ce cahier me redonne confiance en moi et dans les humains. Comme Camille, je préfère désormais la gentillesse au cynisme.

18

Des nouvelles de Gabrielle

À vingt-trois heures quarante, le téléphone sonna. Depuis longtemps, on n'osait plus m'appeler à cette heure. Je décrochai le combiné avec appréhension, réflexe de médecin habituée aux appels d'urgence. Hélène. Mon amie Hélène, en larmes. Sa fille Gabrielle était à l'hôpital, aux soins intensifs. C'était arrivé soudainement. Les médecins parlaient d'embolie pulmonaire. Il fallait attendre avant de savoir.

La conversation se poursuivit quelques minutes, durant laquelle je tentai de réconforter mon amie du mieux que je le pouvais. Je lui offris de la rejoindre à l'hôpital ; elle accepta sans hésitation, m'avouant que c'était le but de son appel. Elle se sentirait rassurée d'avoir auprès d'elle quelqu'un capable de décoder le jargon médical. Je m'y rendis sur-le-champ et attendis patiemment avec eux la visite du médecin. Après avoir simplifié les paroles de ce dernier, tel que nous en avions convenu Hélène et moi, je retournai à la maison.

Dès le matin suivant, j'appelai Camille pour l'informer. J'ignorais si je faisais bien, mais le récent aveu de ses sentiments pour Gabrielle m'incita à plonger. Il ne pourrait peut-être pas la revoir, mais il pourrait au moins essayer s'il le désirait. Chaviré, il demanda à quel hôpital elle se trouvait et si je croyais qu'il pourrait la visiter. La meilleure façon de le savoir : appeler Hélène. Je lui donnai son numéro de téléphone.

En sortant de l'hôpital, Camille se rua chez moi. Je n'étais pas étonnée de le voir arriver. Je me doutais qu'il aurait besoin d'être réconforté lui aussi, d'entendre que tout irait bien. Je me tenais à la fenêtre quand il gara sa voiture devant son ancienne demeure. Depuis le déménagement de ses parents, près d'un an et demi auparavant, il revenait pour la première fois dans la rue de son enfance. Il ferma les yeux quelques secondes avant de prendre une grande respiration. En les rouvrant, il m'aperçut. Je lui envoyai un baiser de la main. Il y répondit par un faible sourire, en se dirigeant vers ma porte.

« Ça m'a donné un coup au cœur de voir les fenêtres habillées des couleurs des nouveaux propriétaires, me dit-il en mettant les pieds dans la maison. J'avais tellement envie d'y entrer, de me retrouver comme avant, à l'abri de tout. » Sans même retirer son manteau, il m'assaillit de questions, comme lorsqu'il était enfant, sauf que, cette fois, il interrogeait le médecin. Il voulait connaître les chances de Gabrielle, savoir si elle nous entendait. Je l'informai du mieux que je le pouvais. Il voulait savoir, tout savoir, ce que malheureusement personne n'était en mesure de lui prédire. L'attente lui était intolérable. Je ne pus l'apaiser en rien, pas plus que je n'avais pu apaiser Hélène et Hubert. Je ne fis que confirmer ce que les autres médecins leur avaient déjà appris. Camille finit par se taire. Je m'approchai de lui, le pris dans mes bras. Sa pensée volait vers Gabrielle. Il songeait à leurs jeux, à leurs conversations, à ses yeux mystérieux…

— Pourquoi a-t-elle attendu au dernier moment pour me dire ce qui n'allait pas entre nous ? murmura-t-il en restant blotti contre moi. J'aurais peut-être pu tenter quelque chose.

Gabrielle prétendait qu'ils étaient trop différents. Encore ! Elle aussi… Qu'elle allait toujours l'aimer, mais n'arrivait plus à être sa blonde. Cent pour cent authentique, cent pour cent présent, trop exigeant pour elle. Elle aurait voulu réussir à le transformer pour le protéger, mais en fin de compte, elle le souhaitait davantage pour se protéger elle-même, comme si la transparence de Camille l'effrayait. Elle avait besoin de son jardin secret, de sa dose quotidienne de malheur. Trente pour cent, minimum ! Elle ne se sentait pas aussi douée que lui pour le bonheur.

— Je croyais que les gens malheureux le sont parce qu'ils ignorent comment être heureux… qu'ils n'ont pas appris, et non parce qu'ils ne le désirent pas…

— Des fois, ce n'est pas si simple.

— Elle disait que je voulais trop. Que j'avais les yeux tournés vers le potentiel. Pas elle. Trop ! Trop quoi ? Si je dressais la liste des « trop » dans ma vie, ça ne finirait plus ! On me l'a chanté sur tous les tons. Tu parles trop, tu réfléchis trop, tu cherches trop à comprendre, tu t'inquiètes trop des autres. Tu veux trop. Tout trop. Toujours trop ! Peut-être que je veux trop, mais je peux si peu ! conclut-il, en laissant couler enfin le flot de ses larmes, aussi fort que le courant de la rivière Rouge.

Nous restâmes un long moment dans les bras l'un de l'autre. Ni lui ni moi ne songions à mettre fin à ce réconfort. Je l'invitai à passer la nuit chez moi. Je ne voulais pas qu'il reparte dans cet état, et je n'eus pas à insister non plus. Je fis la remarque que cette relation amoureuse représentait le seul véritable élément de son jardin secret. Il m'avoua que ça lui avait fait du bien de me parler de Gabrielle. Le silence sur cette relation, qu'il avait respecté pour elle, lui avait beaucoup pesé. D'autant plus que Gabrielle avait coupé radicalement les ponts sans lui fournir d'explication valable. Elle avait déménagé à l'autre bout du Québec et avait contré toute tentative de rapprochement. À la longue, il s'était résigné sans comprendre et avait cessé de l'appeler ou de lui écrire.

Le lendemain, je me levai tôt. Une promesse à Hélène d'être là quand le médecin ferait la tournée de ses patients en matinée. De son côté, Camille décida de retourner en Outaouais. L'attente ne serait pas moins longue en restant à Montréal, et il devait se rendre en fin d'après-midi à Vancouver au congrès annuel des traducteurs qui durait une dizaine de jours. Je m'engageai à le tenir au courant du moindre développement. En échange, il me promit qu'il n'hésiterait pas à me téléphoner s'il en ressentait le besoin.

Le corps de Gabrielle ne supporta pas très longtemps l'attente. Elle mourut le soir suivant. J'offris mon aide à ses parents et leur dis que je me chargeais d'avertir Camille. Les funérailles eurent lieu très rapidement. Tout fut bouclé en un rien de temps, on aurait dit un simple mauvais rêve. La veille de l'enterrement, les vols en partance de Vancouver furent annulés à cause d'une tempête exceptionnelle. L'avion de Camille resta cloué au sol et moi, clouée au lit. Un sale virus attrapé à mon passage à l'hôpital s'était déclaré. Je ne possédais plus l'immunité d'autrefois devant les microbes et la mort. En fin de soirée, je reçus son appel. Incapable de prononcer le moindre mot, il se contenta de respirer avec moi au téléphone. Comme pour tout ce qui concernait Gabrielle, je dus faire preuve de patience. Dans la pénombre de la nuit, il me confia plus en détail sa visite à l'hôpital.

On l'avait averti que ce serait pour une très courte visite. Même pour une seconde, il souhaitait y aller. Le temps de lui donner un baiser. Lui rappeler qu'il l'aimait. Les deux heures de trajet furent interminables. Il ne vit rien du paysage. Montréal, vêtue de grisaille, apparut enfin.

Il se précipita directement à l'hôpital. À l'étage de la chambre de Gabrielle, il ralentit le pas. Son cœur se mit à battre plus vite. Il respira à fond pour l'apaiser. Un dernier corridor le séparait de son amie. Ses parents se tenaient debout devant la porte. Hélène le reconnut aussitôt. Lui adressa un sourire triste. Lui expliqua que l'infirmière s'occupait d'elle. La chambre trop petite. Il valait mieux patienter dehors pour ne pas les déranger. Il se plaça près d'eux. Attendit avec eux. Devant la porte.

Il leur dit combien il était désolé. Les remercia de lui accorder quelques minutes de ce temps précieux auprès de leur fille. Hélène, inquiète, jetait des regards furtifs autour d'elle. Elle lui répéta qu'il ne pouvait rester que quelques minutes. Ils gardèrent le silence. Il n'osait leur demander si les médecins avaient donné des précisions sur l'état de la malade. La situation était très angoissante. Hélène et son mari, retournés à leur peine et à leur inquiétude, se tenaient par la main. L'infirmière sortit de la chambre. Hélène lui fit signe d'y entrer.

Il aperçut d'abord les jambes et les pieds de Gabrielle. Délicats, comme ceux d'un enfant. Le reste de son corps, caché par le demi-mur la séparant des toilettes. La gorge nouée, il s'approcha. Entrevit ses lèvres camouflées derrière un masque d'oxygène qui recouvrait son nez et sa bouche. Une vraie muselière. Ça lui transformait le visage. Elle conservait malgré tout sa beauté. Plus fragile. Les yeux clos. Il lui prit la main. Elle ouvrit les yeux, les referma. Trop faible, ou déjà ailleurs. La voix étouffée de sanglots, il murmura «il y a longtemps que je t'aime, jamais je ne t'oublierai», comme dans la chanson… Il caressa ses cheveux en chantonnant un air qu'il inventait, pour ne plus avoir à supporter le silence. Un lourd silence. Silence obligé qui trônait entre eux. Ils ne pouvaient se parler, même s'ils savaient que c'était peut-être leur dernière chance de le faire. Puis Hélène entra. C'était son signal de départ. Il déposa un long baiser sur le front de Gabrielle en lui serrant très fort la main, et repartit.

Écrire l'épisode de la mort de Gabrielle m'a donné le courage de téléphoner à Françoise. Je lui ai demandé de venir seule. Une personne à la fois, c'est tout ce que mon cœur me permet pour le moment. Je me sens nerveuse.

J'ai maigri. Je me désincarne. Me dépouille petit à petit de ma chair. Françoise va peut-être deviner sans que j'aie à l'informer de mon état. D'autant plus que depuis quelques jours, une bonbonne d'oxygène alourdit par moment mes pas.

Lever les bras pour natter mes cheveux ou les laver provoque régulièrement des quintes de toux. J'ai déposé sur la table une paire de ciseaux. J'aimerais que ce soit Françoise, mon amie, qui coupe ma tresse. Une sorte de rituel. J'ai besoin de son réconfort pour traverser ce passage. Je quitte peu à peu mon histoire personnelle. Mes pensées ont effleuré un instant Jean-Marie. Est-il encore vivant ? Il paraît que c'est courant de repenser à sa vie et aux êtres qui l'ont peuplée lorsque celle-ci s'achève.

J'ai appris qu'on recueille des cheveux de femmes pour fabriquer des perruques à l'intention de celles qui expérimentent la maladie beaucoup plus tôt que moi. Mais voudront-elles de la tresse blanche d'une tête aussi dure que la mienne ?

Le carillon de la porte sonne. Françoise a les mains chargées de nourriture. Je n'ai pas faim, ou alors d'une seule chose, lui dévoiler mes secrets : d'abord mon cancer, puis mon cahier rouge qui par-dessus tout pacifie mon cœur.

19

L'éloignement revient

Le deuil ouvre d'étranges portes que l'on franchit souvent à son insu, sans savoir où ça nous conduira ni même si on en ressortira. Camille paraissait dans cette situation. Depuis l'enterrement, je n'avais pas réussi à lui parler. Les seules nouvelles que j'obtins me parvinrent par la poste dans les jours qui suivirent les funérailles. Après, je dus me contenter de la boîte vocale. Au début, je ne m'en inquiétai pas, m'écrire était déjà le moyen qu'il privilégiait pour maintenir le contact entre nous. Mais il se terrait dans son mutisme depuis des semaines ; ça ne lui ressemblait pas. D'autant plus qu'il m'avait promis de m'appeler s'il avait besoin de réconfort. J'aurais aimé le serrer dans mes bras. Jugeant qu'il était préférable de ne pas insister, je me contentai de relire sa dernière lettre pour la énième fois.

Chère Ange-Aimée,
Il est deux heures du matin. Le sommeil
me fuit. Je tourne en rond depuis des jours.
Incapable d'entreprendre quoi que ce soit, incapable de comprendre quoi que ce soit non plus.

Je ne sais plus qui je suis. Je m'enferme en attendant de savoir.

Je ne maîtrise plus rien... Ni la vie... Ni la mort qui a frappé à ma porte. Je reste silencieux. Aux aguets. À l'affût d'un état qui me bouleverse et que je ne reconnais pas. J'attends. Ça suffit. Je me terre. Je m'enterre. Je glisse dans un état qui ne me convient pas. Normal, paraît-il. C'est la vie.

Je me sens autre. Je ne me reconnais plus. Les personnes autour de moi non plus. Chacun y va de sa propre expérience. Chacun y va de sa propre survie. Alors, je préfère me taire. En attendant, je me force à m'entendre. Pour l'instant, je n'entends rien. Sinon le silence. Et le silence m'accable. Mes oreilles et mes yeux se remplissent de poussière. Je ne parviens pas à me secouer. Je n'ai rien à faire de rien. Je voudrais qu'il en soit autrement. Je voudrais bien que tout soit autre. Et la vie, et la mort, et ma peine et mon deuil.

Endeuillé. Le noir me broie. Je suis pantelant. Défait. Ce n'est pas le chagrin qui me paralyse, mais toutes ces mailles à mon tricot de corps qui se sont échappées dans la mort. Impossible de les rattraper. Il me faut apprendre à vivre avec. Je vis.

Je ne me plains pas. Je constate. J'aimerais te revoir, je m'en sens incapable. Je me sens vide. Rien à dire. Rien à donner. Surtout ne pas alourdir ta vie de mon silence. Car il est lourd mon silence. Aussi lourd que puisse être le silence pour quelqu'un qui a beaucoup parlé. Trop peut-être. Ou pas assez.

Je me sens profondément remué. Après avoir travaillé si longtemps à la transparence des mots pour conquérir une parole vraie, voilà que la vie a mis au défi mon rêve ambitieux. Branchée à un masque d'oxygène, Gabrielle s'est évanouie dans la mort. Elle y est entrée sans avertissement, sans que je sache réelle-ment si elle avait pu entendre mes dernières paroles, m'abandonnant à moi-même et à mes mots devenus inutiles. Je me sens floué, trahi... tel un peintre devenu aveugle, tel un musicien devenu sourd.

Tu te souviens du cercle autour de moi sur la plage ? Tu m'as raconté tant de fois. Si seule-ment elle l'avait tracé autour de nous deux et non pas entre nous ! Ce matin, plus que jamais, je le souhaiterais tellement. Peut-être qu'un ave-nir ensemble aurait été possible. Protégés tous les deux. J'entends Gabrielle me murmurer « Tu vises encore le potentiel, mon pauvre Camille. » Par sa mort, par son insoutenable absence, elle ouvre le cercle sur cette part d'obscurité, la mienne. Celle-ci m'enveloppe de plus en plus, m'avale.

J'espère qu'un jour prochain, nous pourrons marcher ensemble, toi et moi, et que le silence

se peuplera du chant des oiseaux plutôt que de
ma déroute.

Je pense souvent à toi et t'embrasse,
Camille

Je respectai son silence, sans perdre espoir de le revoir. Je désirais plus que jamais découvrir un moyen de raviver un peu de sa joie, de son enthousiasme. Je pensais lui léguer mon chalet. Une façon de le remercier pour les bons moments que nous y avions passés. La nature avait toujours été son alliée à lui aussi. J'ignorais s'il accepterait. En revanche, je savais que le moment serait mal choisi de lui en glisser un mot. Plus tard, peut-être. En attendant, je continuais à chercher. Forcer les choses ne servirait à rien. À défaut de trouver une solution pour l'apaiser, je me rapprochai de lui en relisant ses autres lettres ou textes envoyés au fil des années. Des plus récents aussi comme celui reçu quelques semaines après son retour de voyage.

Chère Ange-Aimée,
Quel plaisir de pouvoir t'écrire de nouveau !
En revenant à la maison, je savais que je devais reconquérir l'ouverture d'esprit et de cœur qui m'habitait avant. Je savais que la jeune femme, qui m'avait bouleversé avant mon départ, voudrait me revoir. En voyage, je m'étais persuadé que sa venue dans ma vie m'incitait à raviver mon goût de découvrir les autres. Elle m'avait renvoyé au visage le doute que j'avais laissé s'installer en moi sur ma capacité à donner à mes mots la transparence nécessaire pour qu'ils deviennent justes pour quelqu'un d'autre. Il était temps que je l'affronte. J'imaginais bien

que cela exigerait de la patience, mais sachant ce qu'il me restait à faire, il suffisait de m'abandonner au processus avec confiance.

Quand elle est finalement revenue chez moi, j'ai effectué son portrait du mieux que je le pouvais. Je lui ai parlé du vide en elle, en mettant l'accent sur son attitude d'ouverture envers ce qui l'attendait. À ma grande surprise, elle ne paraissait pas étonnée du reflet que je lui présentais. En lui exprimant franchement ce que sa demande de « modèle à suivre » avait remué en moi, j'ai insisté sur le fait que son ouverture était une force que tous ne possèdent pas. Puis je l'ai invitée à se lancer à la découverte de ses goûts, de ses champs d'intérêt, de qui elle est.

La sincérité de ses remerciements faisait écho à la mienne. Et comme cette première fois où un inconnu a fait appel à mes services en m'accordant sa confiance, j'ai compris que c'était le mot clé : la confiance. Je l'ai remerciée de contribuer dans ma vie à une meilleure intégration de cette vérité.

Par la suite, je concentrais mes efforts à me laisser toucher à nouveau par ceux et celles qui venaient me voir et à leur refléter le plus fidèlement ce que je percevais. Je travaillais à dégager mes mots de tout jugement, de toute intention. Mon enthousiasme revenait et je reprenais plaisir à offrir mes reflets, sans plus interroger les raisons de le faire. Et puis, comme depuis le début de cette curieuse aventure de marchand de reflets, une nouvelle occasion m'a forcé à repousser plus loin mes limites, prenant cette fois, les traits d'un homme de mon âge.

Toute sa personne était rongée de scepticisme et je peinais à l'écouter. Misérable, il attirait davantage la pitié. Il me déconcertait. J'aurais pu chercher une excuse pour refuser d'effectuer son portrait, je m'en sentais incapable. Je ne souhaitais pas revivre les semaines d'errance vécues avec la venue de la jeune femme. J'aurais aimé fermer les yeux, mais je savais que mon regard le fuyait parce qu'il me touchait là où il m'est difficile de l'être. Il craignait tout, se méfiait de tout, comme Gabrielle. Il ne croyait en rien et cela lui donnait un air hautain et redoutable. Son visage ne souriait plus. Son être entier criait à l'aide et je ne pensais qu'à m'enfuir, encore. J'avais du mal à le regarder en face. Il souffrait. Je souffrais de mon impuissance à mettre fin à son tourment et à trouver en moi l'empathie qui lui revenait. Ses doutes étaient contagieux.

Je me sens pitoyable en écrivant cela. T'en parler contribue à m'en exorciser. Certaines âmes se camouflent sous des dehors repoussants. Elles nous invitent à les deviner. Je suis fatigué. Puis-je encore vibrer d'un désir aussi grand ? J'ai besoin de temps.

Le plus difficile n'est pas uniquement de trouver les mots, mais de croire suffisamment à ce que

l'on fait pour qu'ils apparaissent. Le plus difficile est d'oser être.

Camille

Pauvre ami, l'impuissance une autre fois à sa porte. Sa sensibilité aux sentiments des autres tantôt les réconfortait, tantôt les dérangeait, tantôt le menait à l'impuissance. Pour Camille, aimer voulait dire refuser de se taire, de fermer les yeux en faisant comme si. Il avait eu ce courage avec moi. Je savais à l'époque qu'il m'interrogeait par innocence et amour. J'avais profité de mon statut d'adulte pour lui faire sentir qu'il était trop jeune pour comprendre. Je savais qu'il était souvent dans le vrai. C'est ce qui m'agaçait tant chez lui ; ses antennes le trompaient rarement. Combien de fois il dit de façon trop exacte à ses amis ou à d'autres ce qu'il percevait ! Comme nombre d'entre eux, je supportais plutôt mal lorsqu'il évoquait des aspects de ma vie dont je n'étais pas consciente ou, pire, que je m'efforçais d'ignorer. Combien de fois je le vis ne pas savoir comment interpréter les réactions de retrait ou de blâme !

Des larmes gonflèrent mes paupières sans que je les retienne. Elles emportaient mes regrets de ne pas avoir saisi les perches que Camille m'avait tendues, et ma peine devant une distance réinstallée entre nous depuis la mort de Gabrielle. J'éprouvais de la compassion pour lui, de la tristesse pour nous. Je n'avais reconnu que sa tristesse, pas la mienne. Le moment était venu de m'en occuper. Je formulai le souhait de réduire cette nouvelle distance en préservant notre lien d'une manière active.

Je n'eus pas longtemps à attendre pour trouver une façon de m'y prendre. Quelques jours plus tard, une idée farfelue me traversa l'esprit : j'allais lui offrir un portrait ! Un genre de portrait. Je n'espérais pas réussir en quelques mois ce qu'il avait mis une vie à développer. Mon projet à lui seul me redonnait des ailes, pourquoi ne pourrait-il pas apporter de la légèreté à Camille aussi ? Qui sait ? C'était peut-être moi la portraitiste de son rêve. Je ne me faisais pas d'illusion, je ne prétendais pas pouvoir en réussir un comme les siens. J'avais confiance que l'idée se frayerait un chemin et que je finirais par découvrir ma façon personnelle de le faire. Je poursuivis à fond les fouilles de ma mémoire à la recherche de souvenirs le concernant, à la différence que je prenais désormais des notes. Je me préparais. Le processus parfois ardu, me faisait douter à l'occasion du résultat. Je persévérai.

Un après-midi où je ne parvenais pas à me concentrer, je sortis pour me repaître du chant des oiseaux. À défaut de pouvoir me rendre à mon oasis de paix, je cultivais ma passion pour ces créatures dans mon jardin. J'avais fait construire des cabanes uniques et magnifiques qui m'emplissaient de fierté et de joie. Chacune représentait un palace, un temple ou un édifice célèbre de partout dans le monde que j'aurais aimé visiter. Une façon comme une autre de voyager ! De rattraper un peu de ces voyages que je n'avais su me permettre. Le mari d'une de mes anciennes collègues les avait fabriquées. Luthier sa vie durant, il avait des doigts de fée.

Je fus vite récompensée de m'abreuver de sons et de beauté plutôt que de m'acharner à me souvenir. Une nouvelle idée me vint : créer de petits tableaux évoquant des moments de la vie de mon ami. Qu'avais-je à perdre ? Si j'échouais, il ne connaîtrait jamais mes tentatives. Et tel que l'avait supposé la jeune femme venue visiter Camille, ça ne pourrait sûrement pas lui faire de mal. J'aimais peindre, pourquoi ne pas en profiter ? Heureuse de ma trouvaille, je pressai le pas pour aller chercher mes pinceaux. Avant d'atteindre la première marche du perron, une autre idée surgit. Je me rappelai qu'enfant,

Camille avait reçu de sa grand-mère Gigi, un album-souvenir dans lequel elle collait des cartes d'anniversaire, des publicités, des images de toutes sortes qu'elle découpait çà et là dans des revues. Elle y incluait, pour la plus grande joie de son petit-fils, des images aux textures diverses : duvet, brillants multicolores, coin de velours. S'inspirant de ces images, elle inventait des histoires et lui apprenait la vie. Il adorait son livre et me demandait souvent de lui tisser un récit, même si je n'étais pas aussi douée que sa grand-mère.

À mon tour, je lui confectionnerais un album réunissant ses dessins d'enfant, ses lettres, ses textes… des photos également… Si on m'avait dit que je conservais ces choses pour lui offrir un jour un reflet ! J'y ajouterais mes petits tableaux, quelques dessins… Pourquoi pas sa cabane dans le saule ? Je la peindrais de mémoire, comme il l'avait fait pour l'un de ses portraits. J'adorais cette idée. Lui fabriquer une sorte de grand livre de contes ! Ça me plaisait d'autant que je savais combien l'imaginaire importait pour lui. Il était convaincu que nous devions le nourrir, le protéger même, refuser de nous bourrer le crâne d'horreurs et de violence. Au fil des années, j'avais eu droit à un exposé de sa théorie. L'imaginaire, répétait-il pour mieux m'expliquer, c'est comme l'amour, il doit être au cœur de chaque chose. J'avais surtout constaté qu'il s'interrogeait beaucoup. J'avais compris ce que j'avais bien voulu comprendre, attribuant à sa nature son désir constant d'aller au fond des choses. Je savais pourtant qu'il ne s'interrogeait jamais pour le seul plaisir. Je pris conscience que lorsqu'il cherchait si fort à comprendre quelque chose, c'est qu'il en souffrait, ou d'autres autour de lui. C'était peut-être moi, en fin de compte, qui n'avais pas envie de réfléchir autrefois.

20

Une nouvelle aventure

Je me prêtai au jeu de portraitiste amateur. J'y pris de plus en plus plaisir. Il me fallait entrer en moi-même pour parvenir à dire vrai avec mon cœur, sans craindre de me tromper ou de blesser. Depuis tout petit, Camille prenait ce risque sans savoir que c'était précisément à cause de ce risque que la plupart d'entre nous nous contentions de fermer les yeux. Le meilleur moyen de me mettre dans sa peau, c'était de fouiller dans ma propre vie à la recherche d'analogies susceptibles de m'amener à comprendre ce qu'il vivait. Pour ressentir comment le doute se frayait un chemin en lui, je n'avais qu'à me reporter à mon expérience de médecin. Si chacun de mes diagnostics avait été remis en question par mes patients, je me serais mise à douter de moi-même. Heureusement, en médecine, c'était l'inverse qui se produisait. Pendant leurs études, on convainc les futurs médecins qu'ils se tiennent à la droite de Dieu le père lui-même. Rien de moins ! Deux réalités opposées et pourtant si semblables : des êtres humains en souffrance.

Par ma profession, j'avais appris à écouter le rationnel et à mettre de côté mes émotions et certaines de mes croyances. On nous avait enseigné à nous en remettre à la science. Plus je plongeais dans ma nouvelle aventure, plus mon esprit rationnel cédait la place. L'envie de peindre me gagnait régulièrement, et pas seulement des oiseaux comme auparavant. Je peignais aussi des arbres pour mieux m'ancrer, des ciels roses pour m'alléger… Ceux-là qui m'émerveillaient déjà enfant. J'entendais Camille me murmurer de m'abandonner. Maintes fois il m'avait répété qu'écrire, c'était se mettre en état de réceptivité. Quand on prêtait attention, une sorte de relation pouvait s'établir entre l'intérieur et l'extérieur. J'avais l'occasion de valider la véracité de ses paroles et de constater que ça s'appliquait à n'importe quelle forme de créativité.

Par les textes et les lettres de mon ami et par nos discussions, j'avais accès à son monde intérieur. Plus je m'employais à le découvrir et à le voir tel qu'il était, plus je percevais des signes pour me guider. Il me suffisait de les suivre pour en recevoir davantage. Tout me menait à Camille : un roman, une chanson, un paysage, une conversation. Je l'avais souvent entendu parler de synchronicité. Ces correspondances entre ce qu'on vit et des événements externes de la réalité concrète. Des coïncidences parfois si porteuses de sens, qu'on s'en trouve transformé. Autrefois, j'étais rebelle à cette idée. J'y opposais un rationalisme forcené. Ma vision du monde changeait. J'étais fascinée. J'expérimentais ce que ça exigeait d'attention et d'abandon. Je comprenais mieux ce que Camille exprimait lorsqu'il disait avoir l'impression de ne plus maîtriser sa vie. Même si je censurais moins mes pensées et mes perceptions, je ne me sentais pas assez forte pour les lui exprimer. En attendant de trouver ce courage, je souhaitais sincèrement que cet album lui profite un jour. Consciente qu'il s'agissait de ma sélection personnelle de souvenirs, j'espérais que mon interprétation sonnerait juste à l'oreille de mon ami. Je faisais l'expérience de certains de ses mots : le plus difficile c'est de croire suffisamment à ce que l'on perçoit pour l'offrir au monde.

Hier, ma chère amie Françoise, en route vers la maison de Rose pour célébrer l'anniversaire de son petit-fils, est venue m'apporter de la soupe et des lasagnes. Quelle gentillesse! Et malgré tout, ce matin, je manque de cœur à l'ouvrage. J'ai envie de passer mon tour pour la journée. Me mettre la tête sous l'oreiller.

Je repense à la joie des filles et de Camille à se retrouver tous ensemble avec leurs parents et je me dis que je suis passée à côté de ça aussi. Une famille, et pas uniquement celle que je n'ai pu fonder mais également celle que j'ai pour ainsi dire rejetée. Particulièrement mon frère, mon seul. On ne se voit jamais depuis le décès de notre mère. Nous ne nous accordons sur rien.

Quelle sorte de récit obtiendrais-je si j'écrivais, comme je le fais pour Camille, sur ma relation avec mon frère, cet inconnu? Déjà enfant, dès que sa vision contredisait la mienne, je devenais irritée. L'impression de ne pouvoir réagir autrement me poussait à la colère. Agissais-je déjà en réaction à sa pensée masculine? Quel gâchis!

Force m'est d'admettre que Camille a toujours eu raison de présumer que ce sont les êtres qui croisent notre chemin qui nous permettent de mieux nous connaître. Certains font ressortir le meilleur de soi et d'autres le pire. Je préfère ne pas dénombrer les personnes à qui j'ai inspiré le meilleur. Mon carnet d'adresses est si mince.

Mauvaise journée. Je n'ai plus de temps pour les regrets. Je préfère retourner me coucher.

21

La créativité s'invite

Des signes de la vie, j'en recevais de plus en plus ; de Camille, aucun. Petit à petit, une joie paisible s'installa en moi malgré tout. J'acquérais dans ce processus une meilleure attention et une créativité plus active. Je me plaisais à imaginer que ce que je faisais lui servirait un jour autant qu'à moi. Je voulais croire que mon action pouvait lui rendre un peu de sa légèreté, même s'il n'avait encore rien vu de l'album. Je n'avais aucun moyen de confirmer la véracité de mes hypothèses, mais ça me mettait en joie d'y rêver.

J'achevais l'album. Quelques retouches et le tour serait joué. Plus je retraçais son parcours, mieux je comprenais que la destination de tous les chemins se ressemblait. Je soupçonnais que cela avait toujours été une évidence pour Camille, ce qui éveillait son empathie en même temps que son impatience. Il répétait que nous sommes tous uniques et semblables. Le problème, c'était qu'un grand nombre désiraient être uniques dans ce qu'ils avaient de semblable. Autrefois, il traitait le semblable avec détachement, avec humour. Il croyait que chaque personne possédait un talent, une voie qui la rendait particulière. Il rêvait qu'on en perçoive la beauté en chacun. Encore mieux, qu'on s'entraide à le découvrir. Réussir à combiner tous ces talents, créerait un monde d'excellence.

Il voyait grand. Il portait de vastes ambitions. Je me reconnaissais dans son enthousiasme et sa démesure. Je les avais ressentis au début de ma pratique en médecine. L'impuissance et la frustration de voir des patients revenir sans rien changer à leurs habitudes de vie, sans se reprendre en main, avaient rogné mon désir de sauver le monde. Quant à lui, cela avait peu à peu atteint son rire.

En écrivant cette partie de notre histoire, je me revois emballée par l'écoute des signes. À cette période où je m'appliquais à les suivre pour lui offrir un album, ils s'avéraient pour la plupart heureux.

Mais récemment, l'un d'eux a fait trembler mes perceptions. Une nouvelle version animée du Petit Prince *dans laquelle, devenu adulte, il avait tout oublié : son identité, sa planète et sa rose. Je rejetais cette interprétation du conte. Je ne voulais pas que le Petit Prince oublie et commence à douter de lui ou de l'existence de sa planète. J'avais rayé de mon esprit tout aspect positif possible du doute depuis tellement d'années !*

Mon ambivalence m'a sauté aux yeux ! Paradoxe, oh paradoxe quand tu me tiens ! Je ne voulais pas que Camille doute de lui et pourtant, j'ai souvent souhaité qu'il soit autre plutôt que de l'encourager à demeurer qui il est profondément. Je prétendais que c'était pour qu'il souffre moins. Mais en réalité, il souffrait davantage quand le doute s'emparait de lui. Je l'avais constaté quand il a douté de sa capacité à vibrer encore du désir d'ouverture et de transparence dans un monde où l'image et la performance leur font concurrence.

Je ne voyais pas que nous étions nombreux à pâtir de ne pas connaître un tel désir. Je refusais de regarder avec ses yeux, trop occupée à le convaincre d'adopter ma vision, persuadée que j'avais la bonne puisque nous étions légion à la partager. Ma quête de certitudes me rend parfois si bête et fermée !

Ai-je été tour à tour dans sa vie le businessman, le savant, et même l'allumeur de réverbères ? Des êtres si sérieux qu'ils en oublient de vivre ? Ai-je joué ces rôles pour lui apprendre le fonctionnement des humains, comme je le croyais quand il était enfant, ou pour ma propre compréhension de mon humaine divinité ?

22

Pauvres coyotes !

Je repensai aux deux peluches comptant parmi les jouets que Camille avait légués à ses neveux. Je me souvenais très bien de l'anniversaire où je lui avais offert l'une d'elles à l'effigie du renard de Saint-Exupéry, alors que grand-mère Gigi lui avait donné un coyote sorti tout droit d'un dessin animé qui le faisait rire ; un coyote naïf et maladroit se prenant sans cesse les pattes dans les pièges de sa propre fabrication. De savoir qu'il les avait conservées m'émouvait, même dans un carton au fond du grenier. Je me posai la question si nous n'avions pas pressenti le sort qui attendait Camille. Tel un funambule, tantôt il dansait sur le fil de l'amitié comme le renard, tantôt il tombait dans des pièges relationnels comme le pauvre coyote.

Selon Françoise, cette grand-mère sage observait, elle aussi, les signes. Plus encore, les rêves. On lui avait révélé en rêve qu'elle était une « rêveuse ». Qu'elle avait reçu ce don. Que les réponses à ses questions lui venaient en rêve parce qu'elle savait les écouter et les décoder. Elle nous avait malheureusement quittés trop tôt pour guider son petit-fils dans leur interprétation ou leur lecture. Elle aurait peut-être réussi à lui éviter quelques embûches.

Je me demandai à quel moment j'avais cessé de croire au rêve, à l'invisible. Je n'avais pas toujours exigé des preuves démontrables ni privilégié le rationnel au détriment de l'affectif. Je le savais, mais c'était parfois sensible de ressasser ce que j'avais sacrifié pour devenir médecin. Aux côtés de Camille, j'avais entretenu l'illusion que je vivais un heureux équilibre entre ma tête et mon cœur. Sa présence dans ma vie contrebalançait mon esprit scientifique, et fier de l'être. Je me permettais de juger qu'il vivait trop dans un extrême, un monde pas suffisamment réaliste. Je refusais d'admettre que je vivais autant dans un extrême, prétendant que pour ma part c'était justifié. Après tout, n'avais-je pas dédié ma vie à sauver celle des autres? Mais en fin de compte, n'étais-je pas tombée à mon tour dans mes propres pièges? Pauvre coyote! Je devais reconquérir l'équilibre en moi seule.

Renouer avec Camille me ramène lentement à l'essentiel. J'apprends à le voir et à l'entendre sans le filtre de mes propres expériences et croyances. Je le redécouvre avec des yeux amis. J'ai quitté mon rôle d'aînée et la médecine toute puissante mise au centre de ma vie trop longtemps. Camille m'affranchit des limites de la science pour m'ouvrir à l'infini possible de l'humain.

Je me suis cantonnée dans le rationnel pour me protéger. Donner mon opinion, dire ce que je pense, j'ai bien su faire, défendre mon point de vue, mes diagnostics aussi, mais exprimer ce que je ressens, j'y avais renoncé tout simplement.

Lorsque je me permets d'en sortir, je comprends pourquoi Camille est comme il est et, du coup, je sais également pourquoi Gabrielle, Caroline et moi avons espéré qu'il change. Par sa capacité à accueillir sa vulnérabilité et par les doutes qui l'accompagnent, il fendillait notre armure.

Est-ce la mort qui m'appelle qui me rend plus sensible à cette vulnérabilité ?

Je constate qu'elle vient effectivement avec des doutes et même une crainte. Celle de ne pas savoir apprécier le précieux de la vie. Le précieux. Tout devient de plus en plus précieux, chaque moment, chaque expérience, chaque relation... Tout, absolument tout !

Chaque matin, je suis reconnaissante d'être vivante. Telle la mer qui dépose à nos pieds ses plus belles vagues pour nous inviter à jouer avec elle, chaque nouveau jour dépose à mes pieds la possibilité d'explorer et d'honorer le précieux.

23

Escapade sur le bord de la rivière

À la fin du mois d'août, un avant-midi où j'avais le cœur frisson, je m'installai sur les marches du perron à l'heure précise où le facteur faisait sa ronde. Pas de lettre de Camille, seulement son souvenir, du temps où il m'attendait lui-même sur ces marches. La lumière était magnifique ; lumière d'août, lumière magique. J'admirais son chatoiement sur les feuilles et les vivaces dans le jardin. Des effluves me parvenaient, soulevant au passage des bouffées de nostalgie. La présence de Françoise et d'Émile me manquait. C'était le deuxième été que ce dernier ne s'occupait plus de nos fleurs. Nous nous étions revus, bien sûr. Encore la semaine précédente, mais ce n'était pas de cela dont je m'ennuyais.

Je ne me plaignais pas de mes nouveaux voisins, au contraire. Bien que très gentils, ils appartenaient simplement à une autre époque : jeune couple avec une fillette et un bébé à venir. La vie devant eux. Profitant de ma présence à l'extérieur, le père vint m'annoncer leur intention de poser une clôture de bois entre nos deux terrains. Avec les petits, ce serait mieux. Ils prévoyaient installer une piscine… éventuellement.

Quand ils auraient l'argent, la clôture serait déjà là. Ce serait ça de gagné. Je comprenais très bien. Quelle période tout de même !

J'avais terminé l'album et attendais le moment propice pour le remettre à Camille. La sonnerie du téléphone me tira de mes songeries. Je ne pouvais m'y rendre à temps, mais je rentrai voir si on m'avait laissé un message. Un membre de mon club d'ornithologues s'informait si je participerais à une activité prévue à l'horaire le 23 septembre. La date de mon anniversaire. J'allais y penser. En vérifiant sur le calendrier, je constatai que ça tombait une fin de semaine. Je n'irais pas avec eux, mais cette personne me fournissait l'astuce idéale pour relancer mon ami et le forcer à sortir de sa réclusion. Le 23, j'aurais quatre-vingt-un ans et le 24, il en aurait quarante-trois. Ce n'était ni pour lui ni pour moi une année charnière faisant basculer dans une nouvelle décennie, mais, pour le convaincre, je lui annoncerais mon intention de vendre le chalet. Je l'inviterais à y passer un dernier séjour pour célébrer nos anniversaires. Il ne me refuserait sûrement pas cette faveur. Quelle belle idée ! Nous retrouver tous les deux au chalet. Ça me permettrait de lui parler de mon souhait de le lui offrir et de savoir si ça lui plairait.

À la date convenue, je plaçai l'album dans ma valise. Camille ne s'était pas trop fait prier. Nous prîmes la route vers le nord. C'était à lui désormais de conduire. Je m'imprégnai autant que je le pus du paysage qui défilait. Je repensai au jeu des mots.

Au dernier tournant du rang, passé une petite île sur laquelle résistaient les vestiges d'une cabane en bois rond abandonnée, apparut le sentier du chalet. Un soleil radieux, exactement tel que je l'espérais pour cette visite d'adieu. Du moins en serait-il ainsi si Camille n'acceptait pas mon offre d'en devenir propriétaire. On annonçait une météo clémente pour la fin de semaine. Un air frais et doux. Et le vent! Le vent! Une brise juste assez forte pour qu'on n'oublie pas sa présence et juste assez douce pour ne pas nous obliger à chercher refuge à l'intérieur.

Avant de sortir les bagages de la voiture, Camille se rua vers la grève pour saluer la rivière. Belle et immuable rivière Rouge! Je me dirigeai vers le chalet afin de respecter l'intimité de cet important moment. En ouvrant l'une des fenêtres, j'aperçus mon ami, une branche à la main, traçant un cœur autour de lui, à l'endroit où Gabrielle l'avait fait jadis. Le mien se mit à battre à la volée ; ce lieu nous habitait tous deux profondément.

Quand il se décida à rentrer, il rangea la nourriture et les bagages. Je le laissai s'en occuper, acceptant que nous échangions nos rôles. Il prépara ensuite le dîner, en silence. Nous n'avions pas beaucoup parlé durant le trajet non plus. Nous apprivoisions l'espace… et le temps passé depuis la mort de Gabrielle. Je sentais bien qu'il ne souhaitait pas aborder ce sujet. Trop tôt encore. Toutefois son geste sur la plage me donna confiance qu'il avançait sur la voie de la guérison. J'attendis patiemment qu'il entame la conversation. Dès que nous passâmes à table, comme autrefois où les repas étaient nos moments réservés de la journée, il devint plus loquace.

— Mes portraits se transforment. Je me transforme. De la vraie pâte à modeler! Par moment, je me reconnais à peine. Je n'essaie plus de prévoir comment mes clients recevront mes reflets. Tu sais, quelques-uns se fichent complètement que mes mots traduisent avec justesse leur reflet. Même qu'ils préfèrent que je les embellisse. À présent, je me dis que nous ne parlons pas le même langage. Dieu sait pourtant combien j'ai essayé de leur expliquer! Gabrielle dirait que je visais le potentiel.

— Et maintenant ?

— Je crois comprendre.

La visite de la jeune femme, juste avant le déménagement de ses parents de la maison de son enfance, l'avait découragé. Il s'était senti dépassé, avec le sentiment de revenir sans cesse à son point de départ. Mais en haut du Grand Canyon, devant les touristes lui demandant de les prendre en photo, il n'avait pu s'empêcher de rire. Il implorait les dieux de lui révéler sa mission sur terre et, pour réponse, il se retrouva à photographier des dizaines de touristes qui ne prenaient même pas la peine d'admirer cette merveille. Quelle folie ! Une Anglaise tentait désespérément de convaincre son mari de profiter de la beauté du paysage, mais il gardait l'œil rivé derrière sa caméra vidéo.

— Elle a insisté. Sais-tu ce qu'il a répliqué ?

— Une absurdité ?

— Exact. Il a dit qu'il aurait bien le temps de l'admirer à la maison. Je n'ai pas pu me retenir. J'avais l'impression d'être l'objet d'une mauvaise blague ! Plus je riais, plus les touristes venaient à moi pour que j'appuie sur le petit bouton de leur appareil. Une seule chose ressortait de cette aventure : continuer à écrire des portraits. J'ai recommencé. Au début, c'était plus difficile. Je doutais encore parfois. D'ailleurs, je t'en ai parlé dans mes lettres.

— Comment c'est aujourd'hui ?

— Différent.

Il avait lu dans un livre que la vie méritait peut-être juste un grand éclat de rire, mais un vrai ! Un grand éclat de rire comme ce jour dans le Grand Canyon. Il avait réalisé que ce rire le fuyait chaque fois qu'il attachait trop d'importance à tout ça. Et plus encore quand il prenait les réactions de ses clients autant au sérieux qu'eux-mêmes le faisaient.

Les dernières années avaient été éprouvantes, mais riches. Il avait quelquefois la sensation que des anges gardiens, penchés sur son épaule, se moquaient de lui et l'invitaient à accueillir ce qui était sans se poser de questions. Lâcher prise.

Tandis que je l'écoutais, mon cœur s'emballa. Une sorte d'allégresse me gagna. Camille était vraiment de retour. L'enfant en lui qui savait rire autrefois des sautes d'humeur de ses sœurs. Je m'apprêtais à lui donner son album quand il poursuivit en disant qu'il s'était levé un jour avec une nouvelle compréhension. Ce matin-là, les silhouettes des arbres s'affranchissaient une à une de la brume, l'invitant à la patience. Le temps était frisquet. Après avoir mis à jouer l'album *Portraits* de Vangelis, il était sorti boire son café sur le balcon pour admirer le parc de la Gatineau. Ça faisait longtemps qu'il ne s'était senti aussi léger. Pendant qu'il attendait sa prochaine cliente en rêvassant, un vieux souvenir le fit sourire. Il se revit, enfant, lorsqu'il demandait à Françoise quel cadeau donner à Émile pour la fête des Pères. Elle lui répondait qu'une piste possible était d'offrir quelque chose qu'il aimerait recevoir lui-même. L'important, c'était de le faire avec amour. C'était exactement son intention quand il écrivait un reflet : offrir un cadeau qu'il aurait souhaité obtenir. Certains ne le percevaient malheureusement pas comme un geste d'amour ; au contraire, ils s'en méfiaient.

— Un portrait en dessin ou en peinture, lança Camille, les gens aiment ou n'aiment pas, mais ne réagissent pas avec autant de force. Ils ne contestent pas la perception de l'artiste. Ça les touche, ou pas. Je me dis qu'au fond, c'est une question d'accueil. Les mots ne reçoivent pas le même que les images.

J'acquiesçai et m'empressai d'enchaîner avec une petite anecdote. Ce qu'il racontait me rappelait l'anniversaire des quatorze ans de Laurie. Émile m'avait emprunté mon appareil photo pour la fête-surprise organisée. Plus tard, à la vue des clichés, Laurie avait été déçue et furieuse. Ils ne la mettaient pas suffisamment en valeur et elle voulut les détruire. Camille ne comprenait pas la réaction de sa sœur. Je m'étais bornée à lui répéter qu'elle était simplement désappointée alors que je connaissais une autre partie de la réponse. Laurie réagissait comme beaucoup d'entre nous : quand on n'aime pas le reflet, on accuse le miroir.

Camille éclata de rire.

— Tu veux dire que c'est ce que certains font avec moi ? Et qu'en plus, tu connais la réponse depuis que j'ai six ans ?

— Exactement, répliquai-je, en rigolant aussi. Je savais la réponse sans la savoir. Je ne m'y étais jamais réellement arrêtée.

— Savoir que les mots ne sont pas les seuls à recevoir un tel traitement me console. On jette également des images ! continua-t-il, en se levant.

— Si je comprends bien, la discussion est terminée.

— Ouais… Encore une fois tu sais tout… ou presque. Ça te tenterait d'aller te promener ? J'ai apporté mes jumelles.

Nous sortîmes prendre l'air, pas aussi longtemps ni aussi loin qu'avant, mais ça faisait du bien. Camille me tenait le bras et nous marchions en silence. Je constatais avec joie qu'il réapprenait le détachement. Selon ses dires, c'est ce qui lui aurait fait défaut pour devenir un bon parent. J'avais le sentiment contraire en ce qui le concernait. Chacun a ses raisons, ou se fait une raison, de ne pas avoir d'enfant. J'avais les miennes, il avait les siennes. Je connus par lui, le bonheur de côtoyer de près un enfant. À défaut de n'avoir été ni bonne amie ni mère, j'étais sur le point de passer à l'état de grand-mère, du moins par la patience et la sagesse que conférait ce statut, et plus encore par le détachement qu'il exigeait.

Comme sa grand-mère Gigi autrefois, je m'apprêtais à lui remettre un album-souvenir à mon tour. J'aurais aimé lui faire part de cette réflexion, mais ç'aurait été une longue histoire. Je me sentais paisible et capable de patienter quelques heures avant de la lui raconter et de lui donner son cadeau. Je me contentai d'apprécier notre promenade.

De retour au chalet, Camille m'annonça son intention de préparer un festin pour nos anniversaires. Il m'invita à me reposer dans ma chambre en attendant que ce soit prêt. Ce que je fis ; mes quatre-vingt-un ans exigeant parfois une petite sieste.

Durant ce souper de fête, l'atmosphère était légère et réjouissante. Nous discutions de choses et d'autres et, comme à notre habitude, nous ne vîmes pas les heures tourner. Je décidai d'attendre au lendemain pour lui remettre son présent. La journée avait été inoubliable, mais je tombais de sommeil.

Tôt le matin, je l'entendis s'affairer dans la cuisine. Il s'était levé pour préparer le feu et réchauffer la pièce avant que je descende. Une autre splendide journée s'annonçait, sur tous les plans. Je le rejoignis pour profiter de ces moments passés près de lui. La table dressée avait été déplacée devant la fenêtre donnant sur la rivière. Celle-ci était d'un calme remarquable. Un miroir dans lequel se miraient les arbres. La vue, belle et apaisante, nous forçait au silence pour mieux nous en ressourcer. Camille suggéra de prendre le deuxième café – un thé vert pour moi qui avais banni le café depuis des années –, sur la galerie.

Attentionné, il déposa sur mes épaules un châle qu'il avait pris soin d'apporter. Mieux que cette laine, la paix des lieux m'enveloppait généreusement. Pendant un bon moment, nous nous contentâmes de la savourer. Camille rompit le silence.

— J'ai avec moi les reflets d'Émile et Françoise que j'ai écrits pour leur anniversaire de mariage. Hier, avec tout ce bavardage, je les ai oubliés. Si ça te dit d'y jeter un œil, tu me fais signe.

— Justement, ça me plairait beaucoup. Le moment est venu !

— Comment ?

— Le moment est venu, mon cher Camille.

— Quel moment ? De quoi parles-tu ?

— Celui de t'annoncer que moi aussi j'ai de la lecture pour toi… enfin, pas vraiment de la lecture…

— C'est vrai ? De la lecture ? Vite, montre-moi !

— Sois patient. Va chercher les textes pour tes parents et ma petite valise bleue. Allez ! Oust !

Même s'il tardait à revenir, je ne m'en inquiétai pas. Je connus la raison de son retard quand il franchit le seuil avec ma valise, une enveloppe et un plateau sur lequel fumaient deux tasses de chocolat chaud, clin d'œil à nos traditions qui me fit sourire. Excitée, je sortis l'album et le lui tendis.

— Bon anniversaire, Camille ! Après cette nuit où tu m'as confié ce qui t'arrivait, ton rêve et ton étrange aventure… puis Gabrielle, ta peine et… Bref, j'ai eu l'idée d'un drôle de projet.

— Un projet ?

— Oui.

— Je t'ai préparé un genre de reflet.

— Un reflet ?

— Pas comme les tiens. Que diable ! Un peu de créativité ! J'ai joué à devenir la grande dame de ton rêve.

— Tu n'es pas sérieuse ? Comment t'as fait ?

— J'ai réfléchi. J'ai pris mon temps, sans le compter. Exactement comme elle. Je me suis prise au jeu. J'ai relu les lettres et les textes que tu m'as envoyés, même tes plus récents. J'ai fait comme toi, mon beau Camille, je me suis mise à l'écoute !

Pas mal, hein? N'as-tu pas mentionné tantôt que c'est à l'autre de savoir si le reflet lui parle et lui convient? Alors voilà!

— Je n'en reviens pas!

— Moi non plus, en fait! J'ai souvent repensé à ton rêve du portraitiste. J'en ai conclu, si j'ose me permettre, que c'est toi le vieil homme. C'est toi le portraitiste! Je veux dire par là qu'auprès de toi, quand on finit par comprendre ce que tu fais, ça donne le goût de développer à notre tour notre curiosité et notre envie de découvrir et de voir les autres. Je le pense! En tout cas, c'est ce que ça m'a fait et ça m'a rendue plus légère. J'ai le cœur plus en paix de me sentir enfin à l'écoute et présente.

Quand il fut complètement remis de sa surprise, nous nous installâmes tous deux confortablement pour la découverte. Il choisit un fauteuil en rotin qu'il rapprocha de la balustrade pour y poser ses pieds. J'optai pour la berceuse. Tandis qu'il ouvrait, curieux, son livre d'histoire, j'admirai quelques minutes encore la rivière et goûtai ce moment de sérénité. Je me plongeai ensuite dans la lecture des reflets. Tout doucement. Je lus quelques lignes et me rappelai que, dans mon excitation, j'avais oublié quelque chose.

— Camille?

— Hum?

— L'autre jour, mes voisins, qui préparaient leur cour pour l'hiver, faisaient jouer un vieil album de Barbara. Avec cette chanson, tu sais celle où elle dit «ma plus belle histoire d'amour c'est vous». Les mots me parlaient autrement. Comme si elle nous faisait un clin d'œil à tous en nous rappelant que nous sommes notre propre plus belle histoire d'amour! Je sais que ça peut prendre une vie pour s'en apercevoir. Mon souhait, c'est qu'on ne perde plus une seconde, ni toi ni moi.

24

Voir autrement

Quelques minutes suffirent pour que Camille accepte mon offre de devenir propriétaire de mon coin de paradis. Il comprenait l'importance que ce legs représentait pour moi qui n'avais pas d'autres héritiers. Fidèle à lui-même, il devina que par ce don je lui demandais d'honorer la mémoire de notre amitié, le lien le plus précieux de ma vie. Il en fut ému, comme il fut touché de l'album que je lui avais offert. Celui que sa grand-mère Gigi lui avait fabriqué quand il était enfant comportait des images qui lui apprenaient l'histoire du monde. Celui que je lui avais préparé lui racontait sa propre histoire.

Pour mon plus grand bonheur, nous nous étions retrouvés. Encore une fois. Il m'écrivait, je lui téléphonais. On se racontait.

L'idée de l'album avait germé avec le temps. Celui qui était passé et celui que j'avais accepté de prendre pour le réaliser. J'avais eu le désir de lui léguer, en plus du chalet, mes souvenirs de lui, morceaux de son histoire, dans l'espoir de mettre en lumière les liens qui en tissaient la trame et l'aider à mieux apprécier son destin.

Il avait fallu toutes ces années à l'aimer sans le voir vraiment pour que je me décide à bousculer mes croyances afin de lui offrir un reflet le plus juste possible. Grâce à Camille, je commençai à regarder avec des nuances. Je m'intéressai à lui. Pendant longtemps, je m'étais fait croire que je le connaissais bien, j'avais tort. Je m'étais limitée à le voir tel que je voulais qu'il soit, ou tel que je croyais qu'il était. J'avais réuni dans l'album des souvenirs et des textes que je revis d'un autre œil. Mon intention de départ d'aider Camille à accueillir qui il était, s'avéra profitable davantage pour moi. J'appris à voir l'autre, à cultiver mon intérêt et mon goût de le connaître. Je devenais plus curieuse. J'aimais mieux.

Camille et son destin

Chère Ange-Aimée,

J'espère que tu vas bien. Tout passe trop vite.
Déjà des mois depuis notre dernière escapade
sur le bord de la rivière Rouge. Je croyais
qu'on pourrait bientôt s'y retrouver, mais
pour le moment, c'est impossible et tu vas vite
comprendre pourquoi. Je t'écris en fait dans
le café de l'aéroport d'Ottawa. Je pars dans
quelques heures pour la Grèce. Notre rêve à
Gabrielle et moi quand nous étions ensemble.
Un rêve que je réalise sans elle et pourtant...

Ma très chère Ange-Aimée, tu ne croiras
jamais ce qui m'arrive. La semaine dernière,
j'ai reçu un appel de la mère de Gabrielle que
je n'avais pas revue depuis ma visite à l'hôpital. Elle désirait me voir pour me dire des
choses importantes, m'a-t-elle annoncé avec
un léger tremblement dans la voix. Elle m'a
donné rendez-vous chez elle, prétextant qu'elle

est trop vieille pour venir jusqu'en Outaouais. Je prévoyais visiter mes parents sous peu et nous avons convenu que je passerais ensuite les voir.

En garant ma voiture, j'ai vu frissonner les rideaux du salon. On m'attendait, à n'en pas douter. J'ai frissonné à mon tour, frôlé par une aile de mystère. Hélène m'a accueilli en m'ouvrant les bras, les yeux humides. En me retournant pour saluer aussi Hubert, je l'ai vu. Il était là, devant moi, accroupi près de son labrador. Jeune adolescent aux cheveux châtains bouclés en bataille et aux yeux bleus presque violets ; mes cheveux, ses yeux ! En mettant sa main sur mon épaule, Hélène a dit : « Je te présente Joseph ». Je restais là pantois, abasourdi. « Gabrielle refusait qu'on t'en parle, a-t-elle poursuivi, et elle a exigé qu'on attende que Joseph ait seize ans. Elle voulait qu'il choisisse par lui-même s'il désirait te rencontrer. J'espère… »

Je n'ai pas entendu la fin de sa phrase. Je me tenais là, émerveillé, inquiet aussi devant cette évidence : j'ai un fils.

De retour chez moi, je devais me pincer le bras pour y croire. Une foule de questions m'ont sauté à la gorge. Saurai-je être un bon père ? Gabrielle en doutait-elle pour m'avoir caché ainsi l'existence de notre fils ? Croyait-elle devoir le protéger de moi ? En même temps, ça

me rend si heureux, Ange-Aimée, je suis père !
Alors, bon ou pas bon, prêt ou pas prêt comme
on disait quand j'étais petit, je plonge !

Quand tu recevras ma lettre, je déambulerai
déjà en Grèce, eh oui, aux côtés de Joseph !
Nous y resterons quelques semaines. Nous
avons besoin de faire connaissance. Pardonne-
moi de ne pas t'apprendre la nouvelle en personne. Depuis ma rencontre avec Joseph, je n'ai
pas une seconde à moi lorsque je sors un instant de cet entre-deux irréel qu'est devenu mon
quotidien. Quel bouleversement ! J'ai une telle
hâte d'être enfin seul avec lui, de nous découvrir ensemble.

Je tenais absolument à te l'annoncer moi-même.
Bien qu'elle ait respecté la volonté de sa fille
jusqu'au bout, Hélène m'a avoué son souhait de
renouer avec toi plus intimement maintenant
qu'elle est délivrée de ce secret lourd à porter.

Je brûle d'impatience de vous le présenter à
tous, mais pour le moment je ne me sens pas
encore prêt à le partager avec vous.

Je t'embrasse et t'appellerai dès mon retour.
Promis.

Le cœur me vole, comme dirait grand-mère
Gigi.
Camille

La lettre de Camille m'est parvenue ce midi. Cette annonce me remplit de bonheur. Quelle nouvelle ! Une fois de plus, la vie de Camille n'a rien d'ordinaire. Fascinant ! Il disait souvent que la vie nous envoie des signes que parfois seul le temps nous permet de décoder. J'en ai encore la preuve. Qui sait ? Le vieux portraitiste avait peut-être pressenti l'existence cachée de Joseph en lui offrant de produire gratuitement son portrait sous prétexte qu'il en avait besoin. J'ai presque envie de croire que cet enfant dans la vie de mon ami comblera ce besoin, et qu'à l'exemple des clients de la marchande de reflets de son rêve, il sera heureux.

Je me sens allégée de découvrir que l'histoire se répète pour lui et qu'il saura mieux que moi profiter de cette précieuse relation sans restriction d'âge, comme il a toujours su le faire. Quelle joie de savoir qu'un autre être humain donnera un sens à sa vie et à son aventure !

En revanche, je ressens un pincement au cœur d'apprendre qu'un secret était à l'origine de l'éloignement entre Hélène et moi, alors que je m'étais persuadée, comme pour Camille, que c'était tout bonnement la vie. La réalité se montre beaucoup plus vaste et complexe que ce que mes perceptions limitées me permettent. Un seul angle à la fois. Se pouvait-il que la force du désir de Gabrielle d'entretenir ce secret ait été telle que la vie elle-même se soit inclinée ? Ni Camille ni moi n'avons pu assister à ses funérailles et découvrir l'existence de ce fils. Je suis mal placée pour la juger. Je me suis trouvé tant de raisons moi aussi de camoufler une partie de moi-même. Mais quel dommage pour elle, Camille et Joseph ! Quel triste gaspillage !

J'ignorais en entreprenant ce projet que je réussirais à relater notre histoire en détail. J'ignorais que j'en aurais la mémoire, et surtout le temps. J'ignorais aussi que mon intention de départ d'aider Camille à accueillir qui il est, exigerait que je m'accueille d'abord moi-même. Je m'étais si bien persuadée que je protégeais la tranquillité d'enfant de Camille autrefois, je m'étais simplement défilée. Je voulais connaître la vraie raison de notre éloignement ; la vérité c'est que j'étais avant tout loin de moi-même.

Je dois m'arrêter maintenant. Je ne veux pas attendre à mon dernier souffle pour inscrire le mot fin dans mon beau cahier rouge. Je sais que jusqu'à cet ultime instant je pourrai apprendre autre chose.

Grand-mère Gigi, m'avait confié un jour Camille, disait, chaque fois qu'elle l'emmenait à la découverte d'une nouvelle aventure dans son album, si une histoire finit mal, c'est qu'elle n'est pas terminée. La nôtre se répète pour donner l'occasion de l'améliorer, sur quoi je n'ai absolument aucun doute. Il est temps d'envoyer ma lettre à Camille pour lui annoncer mon départ.

Épilogue

À mon retour de Grèce, une lettre d'Ange-Aimée m'attendait. Avant même d'ouvrir l'enveloppe, je me doutais qu'elle serait lourde de sens, aussi lourde que l'épais cahier rouge qui l'accompagnait. Dans la lettre, ma précieuse amie m'annonçait sa mort prochaine.

J'ai eu la chance d'être à son chevet à la fin. Dans ses derniers moments, ses yeux dans les miens, sa main dans la mienne, elle a retiré le masque d'oxygène pour me murmurer que j'étais un bon fils. Elle s'est éteinte en me confiant avoir le cœur comblé et l'âme en paix. Le soir de sa mort, j'ai rêvé à la marchande de reflets. Étrangement, c'est Gabrielle qui a pris les traits de la grande femme, pas pressée et souriante, qui ne comptait pas son temps. J'ai voulu croire que c'était un message de sa part me disant qu'elle avait accueilli Ange-Aimée dans cette autre dimension et qu'elles s'étaient retrouvées avec joie.

Cher Camille,
Cette fois, je préfère la plume au téléphone
pour t'exprimer ce que j'ai à te dire.

Une pierre manquante à nos habitudes suffit à effriter nos certitudes. Le déménagement de tes parents aura été cette pierre en m'ouvrant les yeux sur l'évidence que je pouvais te perdre.

Je suis reconnaissante d'avoir pu apprendre à mieux aimer. En revisitant le parcours de notre amitié, en cherchant à comprendre ton chemin, je suis tombée nez à nez avec mes croyances limitantes, mais aussi avec des perles de sens.

J'espère t'encourager à aimer ton destin, à ne plus douter de ton talent de marchand de reflets et participer ainsi à créer le monde d'excellence dont tu rêves.

Merci, mon ami. J'ai été lente à découvrir tout ce que je te dois. À présent je sais. En remercie-ment, je t'offre mon regard. J'ai confiance qu'il est désormais suffisamment libéré et ouvert pour être juste. Mes yeux sur notre histoire.

À notre précédent échange, je n'ai pas eu le courage de t'annoncer qu'il ne me restait que quelques mois à vivre. Je sais que tu me pardon-neras cette ultime incartade. En contrepartie, tu trouveras mon cahier rouge. Telle une exten-sion de mes doigts fiévreux, il ne m'a pas quit-tée depuis le jour du diagnostic. Je te l'offre, j'ai envie plus que jamais de transparence. Tu sau-ras ainsi que tu as occupé mes pensées et mon cœur ces derniers mois de ma vie et que c'était le plus beau cadeau que je pouvais m'accorder.

Pardonne ma mélancolie, j'aurais aimé profiter plus longuement de ma nouvelle sagesse. Ce n'est pas la première fois que la mélancolie élit domicile dans mon cœur. Elle est comme le temps. Elle reproche une seule chose : ne pas habiter entièrement notre vie.

Mais, ne t'inquiète pas pour moi. Dans les jours à venir, je saurai chasser cette peau de chagrin. Notre amitié, telle une réponse à un vœu, enveloppait mon âme en me laissant le soin de la reconnaître et de la nourrir. Grâce à nos retrouvailles, je peux partir en paix, je sais que je suis enfin à la hauteur de mes intentions.

Je t'aime, Camille. Prends bien soin de ta vie.

Ange-Aimée

Table des matières

9 781738 358403